AF398429

Rote Zitrone

Süß-saure Erzählungen von Liebe, Lust und Strümpfen

Marco W. Linke

Barbara Schilling

Bibliographische Information Der Deutschen Bibliothek: Die
Deutsche Bibliothek verzeichnet diese Publikation in der Deutschen
Nationalbibliographie; detaillierte bibliographische Daten sind über
http://dnb.ddb.de abrufbar.

ISBN 3-8334-1976-8

Herstellung und Verlag:
Books on Demand GmbH, Norderstedt

Gestaltung und Satz:
artivista | werbeatelier
www.artivista.de

Inhaltsverzeichnis

Mittwoch

Marco W. Linke

Nun ist es also soweit. Vor kurzem fasste ich den tollkühnen Entschluss, mit meiner Freundin eine gemeinsame Wohnung zu beziehen. Da wir nicht nur unseren natürlichen Lebensraum wechseln, sondern mit einem Menschen eigener Wahl eine Wohnung teilen wollten, sollte dieser Umzug alle bisherigen Wohnungswechsel in den Schatten stellen.

Besonders für mich als Langzeitalleinlebender war unser Vorhaben eine außerordentliche Herausforderung und verlangte nicht nur großen Mut, sondern vor allem schier endloses Vertrauen in die angestrebte Zweisamkeit. Aus Gründen der Fairness bekundete ich offen meine Bedenken, dass mein bisheriges Leben in Isolation gewiss die eine oder andere Spur hinterlassen hätte und ich mich sicher trotz reger Bemühungen nicht 100 % ändern könnte. Aber die liebste Person an meiner Seite redete mir gut zu und versicherte mir nachhaltig, dass ich mich gar nicht ändern sollte. So standen wir unserem gemeinsamen Vorhaben näher denn je.

Immerhin hatten wir den Ernstfall über Jahre sukzessiv geprobt. Ursprünglich trafen wir uns nur einmal die Woche. Dienstags. Auf neutralem Gebiet. Zum Beispiel beim kleinen Italiener »Alberto Grande«.

Alberto hatte neben einer üppigen Salatbar zahlreiche verträumte Nischen in seinem Restaurant und gewährte auf diese Weise den Liebespärchen der Stadt Unterschlupf. Nachdem sich bei Alberto ausschließlich die Liebenden trafen und diese sich über Stunden an einem Glas Wein festhielten, musste Alberto mangels

Umsatz schließen. (Den Liebenden sei an dieser Stelle kein Vorwurf zu machen. Immerhin verging die Zeit bei Alberto wie im Fluge und rasch war die Pizza vor dem ersten Bissen kalt, weil man sich nicht von dem reflektierenden Kerzenschein in den Augen der Angebeteten zu lösen vermochte.) So blieb uns nichts anderes übrig, als unsere diensttägliche Gewohnheit zu ändern. Und wenn man gezwungen wird, seine Gewohnheiten zu ändern, steht das halbe Leben auf dem Kopf. Was richtig war, wird plötzlich falsch und anders herum.

Im nicht vermeidbaren Durcheinander unserer Partnerschaft entschlossen wir uns, gleich einen Schritt weiter zu gehen, und uns neben dienstags auch donnerstags zu treffen. Den Mittwoch wollten wir uns frei halten. Wir hielten dies für eine gute Idee, um uns nicht zu eingeengt zu fühlen. Die Dinge nahmen ihren Lauf und rasch war der Freitag mit Bowling, Montag mit Kino (in unserem Stadtkino ist montags Kinotag), Samstag mit Clubbing oder wahlweise Café und der Sonntag mit einem kleinen Spaziergang verplant.

Was ich eigentlich sagen will: wir haben uns nicht nur kennen gelernt, wir verbringen jede Minute der Woche zusammen - die 1440 mittwöchlichen einmal ausgenommen. Der Mittwoch war das Symbol unserer Freiheit. Sicherlich waren wir gewillt, uns für den Partner aufzugeben. Aber bei all der Trausamkeit: der Mittwoch war heilig. Unantastbar. Unser Sonntag der Katholiken.

Dabei war es völlig egal, ob wir uns daheim langweilten oder versuchten an unserem längst aufgegebenen Freundeskreis anzuknüpfen (was natürlich fehlschlagen musste, weil der Frauenzirkel meiner Freundin sich dienstags zu treffen pflegte und mein letzter Freund nunmehr mittwochs Spätschicht hatte).

Der Mittwoch war partnerfrei.

Warum ich all dies erzähle? Nun, der Mittwoch stellte unser Projekt »Gemeinsam wohnen« auf eine harte Probe. So musste unser neues Heim mindestens fünf Zimmer haben. Nur so bliebe mittwochs genug Freiraum, uns aus dem Wege gehen zu können. Auf dieser Basis - und unter Berücksichtigung unseres schmalen Budgets (welches vor allem durch die Bemühungen schrumpfte, unsere letzten Freunde bei Laune zu halten) - wurde unsere Suche komplizierter, als anfangs gedacht. Erschwerend kam hinzu, dass unser beschauliches Heim unbedingt Parkett (hell und pflegeleicht), einen Balkon (mit Südseite und von Wohnzimmer wie Schlafzimmer aus begehbar), eine regelbare Fußbodenheizung, einen Fahrstuhl (zumindest ab dem dritten Stock), einen Parkplatz vor dem Haus (der Umstand, dass wir uns derzeit kein Auto leisten konnten, sollte die Zukunftsplanung nicht negativ beeinflussen), nette Nachbarn (ohne oder mit leisen Kindern) - die jedoch unseren Lärm dulden (es sei darauf hingewiesen, dass ich in mittlerer Güte musiziere, aber fleißig an meinen Fähigkeiten arbeite) und eine zentrale Lage mit Autobahnanbindung haben sollte.

Waren die Wochenzeitungen geradezu überfüllt von Wohnungsangeboten, wurde dennoch kein Angebot unseren Vorstellungen auch nur annähernd gerecht. Wir waren schon am Rande der Verzweiflung und gewillt den unbarmherzigen Gesetzen des Wohnungsmarktes nachzugeben, da erblickte meine Freundin im Internet eine winzig kleine Anzeige, die verblüffend genau unseren Traum der gemeinsamen Zukunft beschrieb.

Als ich gerade in der Küche die letzten Teebeutel in das siedende Wasser stülpte, hörte ich aus dem Wohnzimmer die Laute eines erschrockenen Wesens. Und was ich zu sehen bekam, war das bleiche Gesicht meiner womöglich baldigen Wohngefährten. Mit zittriger Stimme sagte sie, „Ich hab sie gefunden... unsere Wohnung." Misstrauisch fragte ich: „Bist du sicher?" Dabei musste ich mich ganz und gar auf die Fähigkeiten meiner Freundin verlassen, da ich zu dieser Zeit ein wenig unbedarft im Umgang mit dem Computer war und mich nur auf Drängen meiner Oma zwangsweise mit dem PC auseinandersetzte. „Mein Schatz", begann sie „siehst du. Wenn man etwas wirklich will, dann klappt es auch. Zwar fehlt der Balkon. Aber bei den zwei Sommerwochen im Jahr ist das ja nicht so tragisch. Und anstelle des Parketts liegt ein Teppich. Das ist aber auch gar nicht so schlecht. Da die Wohnung keine Bodenheizung hat, ist es schön fußwarm. Okay, der Fahrstuhl zum 12. Stock fehlt. Aber daran gewöhnen wir uns sicher - und sparen uns das Fitnessstudio. Dafür ist die Wohnung in einem modernen Neubau am Rande der Stadt - und die Miete ist erschwinglich - »u-und« der Blick zum Stadtkern, als auch zur nahe liegenden Autobahn ist frei!"

Es schien sich ein Traum zu erfüllen. Bei der Wohnungsbesichtigung ließen wir uns weder von der Nachbarin, die kreischend ihrem verdutzten Hund die »Notdurftregeln im Hause« erklärte, noch von dem in die Wand zementierten Heizungsknopf beeindrucken. Auch vermochte die offensichtliche Leichtbauweise unsere Freude nicht zu trüben - gleichwohl es nicht möglich sein würde, ein Bild aufzuhängen. Tapfer hielten wir uns in den Armen und meine Freundin meinte: „Heute ist es modern, keine Bilder aufzuhängen." Ich trug es mit Fassung, dass ich meine 1 x 2 Meter große handgemalte Landkarte aus dem Jahre 1845 nicht aufhängen würde. Zweckoptimistisch fügte ich hinzu: „Man kann die Wände auch anderweitig hübsch gestalten. Vielleicht Deckenfresken? Auf der Raufasertapete sehen die kleinen Engelchen aus, als hätten sie Akne." Die kurzzeitig anschwellende Freude wurde von dem ernsten Blick des Vermieters unterbunden. „Ich denke, Sie werden sich hier auch so wohl fühlen", meinte dieser. „Jedenfalls ist mir noch nicht zu Ohren gekommen, dass sich ein Mieter nicht wohl gefühlt hätte - den Selbstmordspinner mal ausgenommen."

Unfähig gegen meine neurotische Angst anzukämpfen, meiner baldigen Wohngefährtin die Vorfreude auf eine gemeinsame Zukunft zu nehmen, lächelte ich und meinte: „Es ist alles wunderbar. So überraschend anders." Dabei presste ich meine Freundin als Boje der Hoffnung »das zu glauben, was ich sagte« fest an mich.

In Sekunden zog mein Leben an meinen Augen vorbei. Ich sah mich mit Rippenshirt und dickem Bierbauch vor dem Fernseher sitzen, eine Sportsendung schauen und verständnislos den Kopf schütteln, warum meine Frau nur so unglücklich aus dem Fenster schaue. Sie könne doch bis zur Stadt - und zur Autobahn schauen!

„Na gut", sagte der Vermieter, „da ich in den Urlaub fahre, können wir uns nur noch kommende Woche zur

Vertragsunterschrift treffen." Ich versuchte meinen Kopf zu fixieren, dennoch nickte ich widerwillig. Jetzt fehlte ein Wunder, welches die Last von meinen Schultern nehmen und uns vor dieser Unterschrift zum Unglück bewahren würde. Der Vermieter blätterte in seinem dicken Kalender und schnaufte im Rhythmus des Blätterns. „Sieht schlecht aus", grunzte er in seinen Stift. Mein Herz raste quer durch meinen Leib und wenn ich nicht so gewissenhaft meine Freundin gehalten hätte, wäre ich vor Freude an die Decke geflogen. „Aha, da ist ja doch noch ein Termin frei." Nun schien sich mein Herz in den absoluten Stillstand zu versetzen. Teils überrascht von der Flexibilität meines Organs, teils schockiert, stand ich dort ohne einen Ton von mir zu geben. Der Vermieter ergriff das Wort „Tja", sagte der dickliche Mann, „dann sehen wir uns nächsten Mittwoch!"

Nun. Dass wir diesen Termin nicht „gemeinsam" einhalten konnten, erübrigt sich wohl zu sagen. Wir erklärten unsere missliche Lage und vertagten uns auf unbestimmte Zeit.

Die Welt ist kleiner als man denkt
Marco W. Linke

Die Welt ist kleiner als man denkt. Da kann man in die größten Städte ziehen, in fremde Länder umsiedeln, auf einer kleinen Farm am Rande Ohios Schafe züchten oder in einem Iglu überwintern, überall trifft man alte Bekannte, wie z. B. den Bäcker aus der Heimatstadt oder den immerzu freundlich grüßenden Hausmeister. Jede Flucht in die Einsamkeit endet in der bitteren Erkenntnis, dass die Welt kleiner ist, als man denkt.

Dies sollte sich ab jenem Tage ändern, da ich mich zu einem Anschluss an das Netz der Netze, dem World Wide Web, entschloss. Und von dieser wundersamen Welt erzählt nun die folgende Geschichte.

Bewusst beginne ich mit den Worten: »Es war einmal« Eine Geschichte, die mit diesen Worten anfängt, erinnert an die althergebrachten Märchen, die man als nicht einschlafen wollendes Kind vorgelesen bekam. So erinnere auch ich mich noch an meinen Vater, der mit gequältem Lächeln die vierte »Gute Nacht Geschichte« las und in seiner väterlichen Naivität tatsächlich glaubte, ich schliefe wirklich ein. Jedenfalls beginne ich mit dieser Einleitung, weil meine Geschichte einem modernen Märchen gleicht.

Es war (also) einmal, da schaffte ich mir einen Internetzugang an. Nun stand mir die ganze digitale Welt offen. »Grenzenlose Freiheit« und ein »unbekümmertes Leben in der Anonymität des Netzes« versprach mein ISDN - Anbieter. Insbesondere im ersten Monat dieser neuen Welt, surfte ich in aller Seelenruhe durch die digitalen Länder und schaute mir vergnügt die raffiniert blinkende Werbung an. Dies änderte sich, als ich meine erste Online-Telefonrechnung in den Händen hielt. Doch der Drang, etwas Neues zu entdecken, war größer als die Einsicht, auf Dauer ein kleines Vermögen auszugeben. So kaufte ich die eine oder andere Kleinigkeit per Online und begeisterte mich für den Download verschiedenster Dateien. Nachdem meine Festplatte randvoll mit unnützen Programmen war und mein System nahezu zum Erliegen kam, suchte ich ein neues Spielfeld dieser wundersamen Welt.

Zufällig hörte ich in einem Newsletter von den so genannten Chatrooms. Dort würden sich Menschen aus aller Welt treffen, ihr Leid klagen, Frauen oder Männer verführen und ihre Kreditkartennummern tauschen, kurzum: den »Basar des Lebens« besuchen, der zudem rund um die Uhr geöffnet hatte. Meine Leidenschaft erwachte.

Gleichwohl ich seit Jahren in einer glücklichen Beziehung lebe, konnte ich diesem Mysterium nicht widerstehen. „Immerhin muss man mitreden können", dachte ich und besuchte den verheißungsvollen Chatroom »loveboat«. Daraufhin überlegte ich mir einen inhaltsschwangeren aber nicht aufdringlichen Nick-Namen, wie z. B. »Cloud26« (ich scheute nicht den Namen unseres Glückshasen zu wählen) und betrat nach einer viertelstündigen Anmeldeprozedur die heiligen Hallen. Etwas ernüchternd schaute ich auf die kahle Seite meines Bildschirms, die mich mehr an meine Textverarbeitung als an einen »Basar des Lebens« erinnerte. In Sekundenschnelle flogen verschiedenste Buchstaben umher, Leute beschimpften sich, versteckten sich in anrüchigen Separées - deren Zugang mir bis heute verwehrt geblieben ist - und zahl-

lose »Don Juans«, »Große Finger« oder »Leporello19«
versuchten »Eva«, »Biene21« und »Zora32« für sich zu
gewinnen.

Enttäuscht und von der neuen Welt verraten, wollte
ich den Chat gerade verlassen, als mich eine fremde
Frau anschrieb. Sie beschimpfte mich nicht, sie wollte
nicht meine Kreditkartennummer wissen, sie lud mich
nicht in ein Separée ein und spielte auch nicht auf meine
Kragengröße oder Schlimmeres an. Stattdessen las ich
ein schlichtes: „Na, wie geht´s?"
Bleich saß ich vor meinem Bildschirm. Wo mag diese
Zeile herkommen? In welcher Stadt, in welchem Land
oder gar Kontinent saß die Autorin dieser feinfühligen
Worte? Ehe die Zeile vom Bildschirm verdrängt wurde,
konnte ich noch rasch ihren Namen entziffern: »Bea20«
Leicht zögernd, doch von Spannung getrieben, tippte
ich: „H A L L O. Mir geht es gut." Ich traute mich indes
nicht, sie nach ihrem Wohlbefinden zu fragen.
Immerhin wusste ich nicht viel über die Unbekannte.
Vielleicht lag sie mit einem Laptop bewaffnet als
Reporterin im Schützengraben eines fernen
Kriegsgebietes, sterbenskrank im Krankenhaus oder
von Langeweile zerfressen in Untersuchungshaft der
städtischen Anstalt. In solchen Momenten kann die
euphorische Frage „Na, alles im grünen Bereich?"
durchaus fehl am Platze sein. Also schwieg ich lieber.
Immerhin war auch nicht auszuschließen, dass sie
einen eifersüchtigen Freund oder gar Ehemann hatte.
Dieser könnte jederzeit zur Tür hereinkommen, ihren
regen Briefwechsel lesen, ihr ein intimes Verhältnis
unterstellen, sich scheiden lassen und ihr schließlich
das Sorgerecht für die Kinder entziehen.
Mein Gott. Worauf hatte ich mich da nur eingelassen.

Ich war im Begriff mit meiner hemmungslosen Neugier ein ganzes Leben zu zerstören. In Bruchteilen von Sekunden zogen die Konsequenzen meines unbedachten Handelns an meinem geistigen Auge vorbei. Und so wie ich noch zitternd und von Schuldvorwürfen geplagt vor dem Bildschirm saß, erschien auch schon eine neue Zeile hinter dem zart rosa geschrieben Namen »Bea20«:

„Bist du noch da?"

Oh je. Sie ließ nicht locker. Ich entschied mich, sie zu warnen. Womöglich könnte ich noch das Schlimmste verhindern. Selbstlos schrieb ich:

„Pssst."

„Was ist denn los?" Sie schien die Konsequenzen ihres Handelns nicht im Geringsten zu überblicken. Nun hieß es Ruhe bewahren. Ich müsste mir zunächst ein Bild der Sachlage verschaffen. Wer war diese Unbekannte? Bedeutete die »20« in ihrem Namen ihr Alter oder sollte sie eher über ihr Alter hinwegtäuschen? Wo hielt sich »Bea20« in diesem Moment auf und vor allem: Könnte ich sie ungehindert warnen, ohne sie unnötig zu gefährden?

„Bist du alleine?", schrieb ich. Es dauerte ein wenig, dann kam ihre Antwort:

„Ja, ich sitze in meinem Büro."

Also gut. Die Situation begann sich zu entkrampfen. Zumindest wähnte ich uns in vorübergehender Sicherheit. So hatte ich genug Zeit gewonnen, ihr unsere prekäre Lage zu erklären. Doch bevor ich hinreichend erforschen konnte, ob sie geschieden, von ihrem Freund getrennt oder womöglich als Single lebt, schrieb »Bea20« munter drauf los. Sie beklagte die Langeweile im Büro, die morgendliche Winterkälte und die stets überfüllten S-Bahnen, ihren vorweihnachtlichen

Einkaufsstress und die immer noch zu geringen Rettungsmaßnahmen zum Schutze der Grottenolme. Zwischendurch freute sie sich, endlich einen netten Gesprächpartner gefunden zu haben (gleichwohl ich mehr ein »Lesepartner« war), und auch ich bekundete meine Freude, während ich im Lexikon unter »Grottenolm« nachschlug.

Wir schrieben über mehrere Stunden die ausgefeiltesten Geschichten, deren Wahrheitsgehalt zuweilen unter die 12 % Grenze sank - und hatten das Gefühl, uns schon ewig zu kennen. Natürlich verließen wir nie die freundschaftliche Ebene der Unterhaltung, da ich ja - wie bereits erwähnt - die allerbesteste Freundin der Welt habe. Auch sie schien kein Interesse an einer weitergehenden Freundschaft zu haben. So plätscherten unsere Gedanken in angenehmer Atmosphäre umher, und jeder wusste, dass außer der zu erwartenden Sehnenscheidenentzündung nur die Erinnerung an einen netten Nachmittag bleiben würde. Dennoch trat vorübergehende Stille ein, als »Bea20« beiläufig erwähnte, dass sie die angespannte Büroluft hasse und sich nun freue, zu ihrem allerbestesten Freund der Welt heimzufahren. Noch bevor ich eine Silbe zu tippen vermochte, folgte ihr Zusatz:

„Es hat wirklich Spaß gemacht, dir zu schreiben. Vielleicht treffen wir uns noch einmal im Chat. Mach´s gut, mein Cloud26.˝ Ich erlag einer gewissen Sentimentalität. Ungeachtet dessen war es nunmehr an mir, das Schweigen des Abschieds zu brechen. Ich müsste einen gelungen Schlusssatz finden, der sowohl die Schwermut der Trennung und die Hoffnung auf eine baldige Unterhaltung beinhalten würde, als auch die Leichtigkeit einer flüchtigen Bekanntschaft nicht übersteigen durfte. Mein Blutdruck erhöhte sich. Schweiß auf meiner Stirn. Nichts fiel mir ein oder schien mir passend. Ich nahm Mackensens »Gutes Deutsch in Schrift und Rede« zur Hand und suchte nach einer geeigneten Formulierung. Auf Seite 104 (im Kapitel über den einfachen Satzbau als stilistisches Element) wurde ich endlich fündig und schrieb mit gespannter Vorfreude: „Tschüss." Es dauerte ein wenig, dann bekam ich ihre ebenso einfallsreiche wie treffende Antwort: „Mach's gut."

Sie verschwand im Netz. Die Zeit verstrich. Ich saß vor dem Computer und sann über die vergangenen Stunden. Fremde Zeilen huschten über den Bildschirm und das Schreibtischlicht warf einen trüben Kegel über die Tastatur. Ich muss wohl eingeschlafen sein, jedenfalls bemerkte ich nicht, dass mein Kopf auf die Tastatur gefallen und meine allerbesteste Freundin der Welt inzwischen nach Hause gekommen war. Wach wurde ich, als sie mir sanft den Nacken küsste und schmunzelnd auf den flackernden Bildschirm schaute.

„Warum schmunzelst Du so", könnte mein im Halbschlaf gehauchtes Ausatmen geheißen haben.

„Ach, ich sehe nur, dass Du im Chat warst. Ich war heut auch im Chat und habe fast den ganzen Tag einem »Cloud26« geschrieben."

Tja, und hier endet meine Geschichte. Die Welt ist eben kleiner als man denkt.

Donnerstag

Barbara Schilling

An einem furchtbar verregneten Donnerstagabend saß ich allein zu Haus vor dem Computer. Mein Freund und Mitbewohner war trotz nicht Mittwochseins bei Freunden - Bandprobe nannte er das. Sie klimperten und zupften zusammen auf ihren Instrumenten, probierten in einem muffeligen kalten Raum allerlei musikalische Raffinessen aus und tranken Bier dazu. Dabei mag mein Freund gar kein Bier, normalerweise jedenfalls, aber mit seinen Freunden und Kollegen, alle verdrehte Musiker (Anmerk. d. Autorin), sei das etwas anderes; gewissermaßen eine symbolische Handlung, klärte er mich einst auf. Aha, da habe ich wohl in meiner femininen Ignoranz fälschlicherweise einen ernst zu nehmenden Akt der Freundschaftsbekundung für einen fröhlichen Umtrunk gehalten. Ich persönlich glaube ja, dass das eine das andere nicht ausschließt…

Ich starrte auf den Monitor und versuchte, meinem Geist ein paar gewinnbringende Gedanken zu entlocken. Doch mein Kopf blieb leer und der Bildschirm tat es ihm gleich. Ich stand auf und begann auf der Suche nach Anregungen, unser Bücherregal zu durchstöbern. In einem alten Taschenbuch meines Liebsten stieß ich unglücklicherweise auf eine längst vergessene Widmung seiner ehemaligen Freundin. Es gab mir einen kleinen Stich, und bei dieser Gelegenheit fiel mir wieder seine Holzkiste im hinteren Zimmer ein, in der die Geheimnisse vergangener Begegnungen in Form von Fotos und Briefen schlummerten.

Selbstverständlich wollte ich niemals ohne sein Wissen in seinen privaten Sachen herumstöbern, schon gar nicht in dieser Angelegenheit. Dennoch üben

Geheimnisse bekanntlich eine solche Faszination aus, dass einige Menschen sich dann und wann beherrschen müssen, ihre Neugierde nicht doch zu befriedigen. Glücklicherweise gehöre ich nicht dazu - dachte ich jedenfalls…

Übrigens steht die gleiche Holztruhe auch im Schlafzimmer. Dort sind allerlei amtliche Dokumente gesammelt, die man aus unerfindlichen Gründen jahrelang aufbewahren muss oder zumindest das Gefühl hat, man sollte es tun. Diese Kiste ist genauso groß wie die andere, aber wesentlich leichter. Dies weiß ich, weil ich das geheimnisvolle Exemplar weggetragen hatte, als wir ein neues Regal gebaut hatten. Damals hätte ich sie fast fallen gelassen, so schwer hatte sie in meinen Armen gewogen.

Heute hoffe ich, ihren Inhalt nie sehen zu müssen, obgleich ich einen kleinen Teil zugegebenermaßen bereits zu Gesicht bekommen hatte, allerdings ohne mein Verschulden. Ich hatte damals meinen Freund lediglich gebeten, mir ein Bild seiner Verflossenen - werden sie eigentlich wegen der Tränen so genannt? - zu zeigen, da hatte er, bevor ich etwas sagen konnte, den Deckel besagter Kiste gehoben. Nun, die Fotos waren ganz normale Fotografien gewesen und die Menschen darauf hatten ebenfalls nicht erwähnenswert absonderlich ausgesehen. Dennoch, ich war mir sicher gewesen, dieses unscheinbare Behältnis versteckte Dinge von allergrößtem Interesse. Entdeckungen gewaltigen Ausmaßes hielt dieser Deckel vor mir verborgen; es war um mich geschehen. Tagelang war ich unablässig um den geheimnisvollen Schatz gekreist, der mit an Sicherheit grenzender Wahrscheinlichkeit nicht für mich bestimmt war. Ich hatte Dutzende von Möglichkeiten durchgespielt, was ich zu sehen bekäme, würde die verwunschene Kiste mir ihren ganzen Inhalt offenbaren. Nach drei Wochen hatte ich entnervt aufgegeben, sie ließ sich einfach nicht öffnen; ich hatte es auf spirituellem Wege mit Voodoo, Holzbeschwörung und Telekinese probiert - und war erfolglos geblieben. Mein quälender Wissensdrang hatte inzwischen soweit die Oberhand gewonnen, dass ich zu dieser Zeit kaum mehr eine Nacht hatte durchschlafen können.

Der fleißig Akkorde übende Mann an meiner Seite schien von meinem Leid indes nichts bemerkt zu haben. Er hatte oft stundenlang an seinem Schreibtisch gebrütet, hatte Songtexte, Melodien und Gedichte geschrieben - und mir bald darauf ein herrliches Lied mit dem viel sagenden Titel: »Vergessen was war« gewidmet. Hatte er vielleicht doch etwas geahnt?

Ich stand noch immer mit dem vergilbten Buch in der Hand auf dem gleichen Fleck und musste mir selbst eingestehen, dass besagte Kiste bis heute leider nichts von ihrem faszinierenden Reiz verloren hatte. Entschlossen stellte ich das Buch wieder zurück ins Regal - in die hinterste Reihe versteht sich. Während ich noch überlegte, ob ich eventuell und unter Umständen der Truhe - da ihr mit spirituellen Mitteln nicht beizukommen war - mit althergebrachtem Werkzeug (Hammer und Schraubenzieher) zu Leibe rücken sollte, klingelte das Telefon. Eine unbekannte sexy Frauenstimme meldete sich. Diese wollte meinen Freund sprechen! Irritiert überlegte ich, was zu tun sein: Beschimpfen? Seine Auswanderung erfinden? Einfach auf Spanisch antworten? Wer war das und was in aller Welt wollte sie von meinem hart erkämpften, gut aussehenden, Bier trinkenden Lebensabschnitts-gefährten? War dieser Lebensabschnitt etwa schon zu Ende? Oh nein, so schnell würde ich nicht aufgeben. Wie kam sie überhaupt zu dieser Nummer? Langsam dämmerte es mir, und obwohl ich es nicht wahrhaben wollte, erkannte ich: Es handelte sich um die Stimme, welche zu den mystischen Fotos aus der Holztruhe passte. Ich fühlte mich wie ein Martini - geschüttelt nicht gerührt - versteht sich… Mein Herz stockte, mein Gehirn raste. Ich überspielte den Schock mit einem Räuspern. Nach meinem Empfinden nicht unfreundlich fragte ich, worum es sich denn handle. Unglücklich nuschelte sie - weitaus weniger erotisch - etwas von einem Computerproblem. Na schön, dachte ich. Ich sprang also über meinen Schatten und widerstand dem schier übermächtigen Impuls, einfach aufzulegen. Daraufhin begann sie, mir ungefragt ihre Einwahlprobleme ins Internet in einer Ausführlichkeit zu schildern, die selbst meine Mutter übertraf. Einwahlmodus, Passwort, Internet Explorer; mit jedem Satz sank meine Atemfrequenz. Als sie ihren späten Anruf schließlich noch mit der temporären Abwesenheit ihres Computer kundigen Freundes - aha sie war ebenfalls gebunden - entschuldigte, fühlte ich mich wieder in der Lage, in ganzen Sätzen zu antworten. Ich erklärte, dass auch mein selbst ernannter Computerspezialist in diesem Augenblick nicht anwesend sei und ich ihr wohl leider leider nicht helfen könne. Ob ich denn etwas ausrichten könne? Nein, aber sie würde es gern später wieder versuchen. Kein Problem, ich unterdrückte ein Gähnen. Damit verabschiedete ich mich höflich und hängte ein.

Ich dachte an die Kiste im hinteren Zimmer: Die Fotos zeigten also kein überirdisches Wesen mit sensationellen Talenten, sondern eine junge Frau, die sich genauso mit den Alltäglichkeiten des Lebens herumschlagen musste wie jede andere. Das war mehr als tröstlich! Der Zauber war gebrochen, die komische alte Kiste vergessen.

Zügig beschrieb ich mehrere Seiten und war schließlich bester Laune, als mein Freund Bob Dylan trällernd die Tür aufschloss. Ich freute mich sehr, ihn endlich wieder zu sehen, was er neben meinem Lächeln durch einen ausgiebigen Kuss zu spüren bekam. Während er sich noch die Jacke auszog, läutete erneut das Telefon. „Ist bestimmt für dich", sagte ich breit grinsend und reichte ihm den Hörer.

Sex
Marco W. Linke

Manche Leute sagen, Sex gehört zu den wichtigsten Dingen im Leben. Das Alter spiele dabei keine Rolle. Mag dem sexuellen Handlungsdrang eine untere Altersgrenze gesetzt sein, ist eine obere Grenze nicht auszumachen. Noch meine Oma mit ihren annähernd 80 Jahren bekommt bei diesem Thema einen seltsamen Glanz in ihren Augen.

Ich möchte nun keinen falschen Eindruck erwecken und behaupten, Sex sei der essentielle Teil einer Beziehung. Nein, ich denke, es gibt eine Menge anderer schöner Dinge, die den Reiz einer Beziehung ausmachen. So z. B. das gemeinsame Baden in einer viel zu kleinen Badewanne. Allein das Ausarbeiten des »Wannenplans«, welcher akribisch vorgibt, wie in der Wanne Platz zu nehmen ist und die Beine zu flechten sind, schweißt auf ewig zusammen. Wer kennt nicht die illustre Diskussion, wer an der abgeschrägten Wannenseite liegen darf, und wer den Abflussknauf im Rücken zu spüren bekommt. (Da Frauen ein anderes Zeitempfinden haben, bin zumeist ich an der Reihe auf der schlechteren Seite zu liegen.) Nicht zu vergessen der zeremonielle Akt des in-die-Wanne-Steigens. Ist das Wasser nur sehr warm oder bereits nahe der Eiweißspaltungsgrenze? Hier haben wir als Anlage zum »Wannenplan« einen ausgeklügelten Wanneneinstiegsplan entwickelt. Dieser legt verbindlich fest, wer als erster in die Wanne steigt, um selbst aufopfernd einen Wärmetest durchzuführen.

Sie sehen, Sex ist wirklich nicht alles. Oder nehmen wir doch einfach mal den Hausputz. Allein die Beharrlichkeit, mit der man heuchelt, dass es nicht schmutzig genug sei, um schon wieder zu wischen, stellt den motiviertesten Schwindel „Schatz, du warst toll" in den Schatten. Zudem sind beide Partner stets der übereinstimmenden Meinung, es reiche noch ein Einsammeln der Staubflocken, statt einer langwierigen Grundreinigung der Wohnung. Beim Sex gibt es diesen friedlichen Konsens nicht. Sie möchte oberflächlich kuscheln - er grundsätzlich eine Tiefenreinigung.

Ich gehe nun nicht so weit und behaupte, ein Reinemachtag wäre ebenso erfüllend wie Sex - jedoch mindestens so anstrengend.

So gibt es logischerweise auch die gleichen Ausreden: „Ich habe Kopfschmerzen", „wir können doch Morgen ein wenig...", „Ich habe gerade alles sauber gemacht" Aber so viele Vorzüge die Hausarbeit gegenüber Sex im Lichte einer harmonischen Beziehung hat, noch nie habe ich mich auf das erste Mal »Hausarbeit mit meinem Partner« gefreut - oder die »Hausarbeit« gar vermisst. Das ist beim Sex anders. Und genau darum geht es in folgender Geschichte.

Meine Freundin verbrachte das Wochenende bei ihren Eltern, fernab von unserem Zuhause, fernab der Zivilisation. Mehr als 30 Kilometer trennten uns von Samstag bis Sonntag. Wäre wenigstens der ohnehin partnerfreie Mittwoch in diese enorme Zeitspanne gefallen, wären die unzähligen, unbarmherzigen Stunden der Trennung gewiss nicht ganz so schmerzhaft gewesen. Aber die Situation kannte kein Erbarmen. Es war Samstag und das Wochenende lag breit ausgestreckt, wie ein zähes, auseinander gezogenes Kaugummi vor mir.

Zunächst erkannte ich nicht den Ernst der Lage. So hatte ich endlich Zeit, all die Dinge zu tun, die ich schon lange tun wollte. Zunächst las ich vergnügt alte Zeitschriften. Dann telefonierte ich drei Stunden mit einem Unbekannten und aß zwei Pizzen alleine auf. Dann zappte ich in Rekordzeit durch das Fernsehprogramm. Drei Mal rauf zwei Mal runter. Mmh. Stille. Ich wollte mich gerade von der Arbeit entspannen, da entdeckte ich auf dem Schreibtisch ein Foto, das mich schlagartig an meine Freundin erinnerte. Es zeigte eine Nuss (diesen Gedankensprung zu erklären, ginge hier zu weit). Und nicht nur das. Ich spürte auf einmal den animalischen Drang, meine Freundin in den Armen zu halten - und mehr. Wie ein Blitz durchzog mich das Sprichwort meiner mit Weisheiten vollgestopften Oma, dass man erst dann die Dinge zu schätzen wisse, wenn man sie nicht mehr habe. Hatte ich die Bedeutung von Sex unterschätzt? „Okay. Jetzt gilt es sich erstmal abzulenken. Immerhin ist es bereits Samstagmittag und mir stehen kaum mehr anderthalb Tage bevor."

Aber als ich all das getan hatte, was ich schon immer tun wollte - und das zwei Mal - war es erst Samstagabend. In meiner Not bügelte ich die Jute-Säckchen, dann meine Socken und rollte sie zu kleinen Bomben zusammen, wie es sonst meine Freundin zu tun pflegte. Ich hatte das Gefühl, dadurch eine geistig-körperliche Verbindung mit ihr aufzunehmen. Die Zeit stand beharrlich still. Es war noch immer Samstagabend. Nicht einmal Nacht.

Ich könnte ja meine Freundin anrufen. „Hallo." Sie wäre erstaunt mich zu hören. „Ich wollte mal fragen, wie es dir geht ... Was? Wir haben uns gerade erst gesehen? ... Ja, stimmt. Bist Du denn gut angekommen? ... Warum Du nicht gut angekommen sein solltest? ... Weil es regnet. Geregnet hat. ... Nur in Süddeutschland? Ach so.

Aha, dann ist also alles in bester Ordnung. Prima." Ich hätte ihr nicht sagen können, welch tiefe Lust der Zweisamkeit ich verspürte. Und selbst wenn. Was hätte es genutzt? Ich hielt es für besser, mich weiterhin abzulenken und bis Sonntagabend auszuharren. »Vorfreude ist schließlich die schönste Freude« (Zitat: Oma).

So geschah es dann auch. Ich saß auf meinem Stuhl in der Küche. Dann auf der Coach im Wohnzimmer. Es wurde Nacht. Ich saß auf dem Toilettendeckel und auf der Bettkante. Ich saß auf dem Boden, dem Schrank, dem Schreibtisch und auf der Spüle. Wach wurde ich in der Spüle. Irgendwann hatte ich meine Zeit abgesessen und es wurde langsam hell. „So", dachte ich beim Erblicken des ersten Sonnenstrahls, „der erste Tag war doch gar nicht so schlimm." Ich war ein wenig stolz, mich so gut beschäftigt zu haben.
Ich ging durch das Wohnzimmer. Auf und ab. Gesessen hatte ich ja genug. Meine Vorfreude auf die bevorstehende Nacht stieg. Ich malte mir die Situation aus, wenn sie nach Hause kommt. Sie würde mit ihrem lieblichen Lächeln zur Tür herein kommen, ihr Haar ein wenig vom Winde zerzaust und ein bezauberndes »Hallo« durch den mit Kerzen erleuchteten Flur flüstern. Ich würde auf sie zu stürmen, ihr Gepäck, den Mantel und das Übrige entreißen, ein beiläufiges »Hallo« erwidern und... Aber es war ja erst Sonntagfrüh. Um genau zu sein: 5 Uhr 30.

Ja, der Sex kann Menschen verändern. Als ich noch ein kleiner Junge war, schien die Welt so einfach. Da ich keine Freundin hatte (Wie meine Eltern meinten, sei ich noch nicht reif für eine Partnerschaft - diese Meinung haben sie noch heute) brauchte ich mir keine Gedanken über die Zweisamkeit und Wochenend-

Entziehungstherapien zu machen. Nicht, dass sie jetzt glauben, nur die Begierde sei Grund meiner Wiedersehensfreude gewesen. Ich sagte ja bereits, dass es all die anderen schönen Dinge sind, die unsere Beziehung nachhaltig prägen. Aber an diesem Wochenende erlag ich nun einmal der niederen, evolutionsbedingten Triebhaftigkeit.

Mittlerweile war es Sonntagmittag. Von Liebesqualen geplagt, entschloss ich mich, mich ins Bett zu legen und den Rest des Tages nicht mehr vor die Haustür zu treten. Im Übrigen mag ich sowieso nicht alleine durch die Straßen ziehen. Zwar meint meine Freundin, ich sähe auf einsamen Straßen aus wie James Dean, doch bin ich militanter Nichtraucher. Außerdem haben die Mäntel heutzutage keinen 45-Zentimeterkragen, den man bis über die Frisur schlagen kann. Also blieb ich daheim. Ich war müde, die Heizung brachte bei aufgedrehtem Knauf kaum 18 Grad Celsius und der Kühlschrank deprimierte durch gähnende Leere. Wäre ich nicht allein gewesen, hätte ich mich als schwer krank erklären lassen und den Rest des Tages pflegebedürftig im Bett verbracht.

Trotz aller Qualen des Wartens war es bereits Sonntagnachmittag. Nur noch wenige Stunden, bis zum ersehnten Abend. Nun war ich mir sicher, auch die letzten Stunden souverän überbrücken zu können. Nur wie? Die Strümpfe waren gerollt, die Pizzen gegessen und die Freude am Herumsitzen hatte ich verloren. So beschloss ich, mich für den Abend ein wenig in Form zu bringen.

Voller Tatendrang stemmte ich die zehnbändige Serie des „Neuen Herders". Und Literatur kann schwer sein. Dann rannte ich den ersten Treppenabsatz vor unserer

Wohnung auf und ab - einen Küchenstuhl als zusätzliche Last auf dem Rücken. Ich spürte, wie ich meinen Körper stählte - und meine Kräfte verbrauchte. Doch der Gedanke an den späten Abend und an die schönste Frau aller Frauen in meinen Armen ließ mich nicht müde werden und spornte mich zu immer größeren Taten an.

Ich erlegte eine Fliege mit bloßen Händen, lackierte die Wohnungstür - samt Türgriff - und die abgegriffenen Lichtschalter. Dann verlegte ich im hinteren Zimmer einen neuen Teppich und sortierte den Kühlschrank neu. Daraufhin fuhr ich mit meinem Fahrrad durch die Wohnung und versuchte schließlich den persönlichen Rekord von 37 Kniebeugen zu brechen. Dies schaffte ich leider nicht, da ich vorzeitig meiner Erschöpfung erlag.

Als ich wach wurde, schaute ich an die weiße Decke eines Krankenhauszimmers. Die Krankenschwester verriet mir, dass ich wohl einen Zusammenbruch erlitten hätte. Dann spürte ich die Hand meiner Freundin auf meinem Arm. Sie schüttelte mit einem leichten Grinsen ihren Kopf und küsste sanft meine Stirn. Und nun frage ich Sie: „Ist das nicht besser als SEX?"

Die schönste Zeit des Jahres
Barbara Schilling

Habe ich einmal so richtig Zeit zum Entspannen, was eigentlich nur während des Urlaubes der Fall ist, überkommt mich häufig der Drang, intensiv über die wirklich wichtigen Dinge der Menschheit nachzudenken. Jedoch weiß ich bereits nach einer kurzen Weile nicht mehr, worüber ich da im Einzelnen nachdenken soll und lande wie jedes Jahr schnell bei der grundlegenden Frage nach meinem eigenen Leben. Ich wende mich Hilfe suchend an meinen Liegestuhlnachbarn: Mein sonnenroter Lebensabschnittsgefährte hat den Strohhut tief ins Gesicht gezogen und döst friedlich vor sich hin. Nicht mehr lange… „Was denkst du über mein Leben?", frage ich ihn unvermittelt - innerlich jedoch auf einen philosophischen Diskurs auf höchstem Niveau eingestellt. Aber alles, was zurückkommt, ist ein kaum artikuliertes „Weiß nich". Aha nun, darauf war ich nicht vorbereitet.

Ich folge fasziniert dem Rhythmus der Wellen, die schäumend gegen den Strand schlagen. Jeden Tag, jede Nacht: vor und zurück - bis in alle Ewigkeit. Ergriffen und intellektuell ausgehungert wie ich nach drei Tagen »La Bamba« und »Baila Baila« bin, lassen mir meine Gedanken keine Ruhe. Ich versuche es erneut bei der sprechenden Sonnenliege an meiner Seite. Vorsichtig zupfe ich an seiner bunten Badehose. Raffiniert variiere ich meine Frage: „Was denkst du über dein Leben?" Mein allerliebster Miturlauber reibt sich den Bauch und brummt abermals: „Weiß nich". Sein Desinteresse an den fundamentalsten Fragen ist mir unbegreiflich. Ich bin verzweifelt auf der Suche nach Antworten, nach dem Sinn unseres armseligen Lebens - wobei es sich hier am Strand von seiner besten Seite zeigt - doch das lässt ihn völlig kalt. Mental erschüttert beschließe ich, mich abzulenken. Ich lese, esse, schwimme Brust, Rücken, Schmetterling und Maikäfer, rezitiere Gedichte, genauer gesagt ein Gedicht, und von diesem auch nur die erste Strophe, mehr weiß ich nicht, dafür wiederholt. Dann widme ich mich anderen wichtigen Dingen und creme sorgfältig jeden Zeh einzeln mit Sonnenmilch mit verschiedenen Lichtschutzfaktoren ein: LSF 12 für den großen Zeh, da dieser am meisten aus der Sandale schaut, LSF 8 für den »Zeigezeh«, usw. Als ich einsehen muss, dass auch das nicht hilft, schmiege ich mich abermals an meinen Freund. Den Kopf auf seiner Brust stelle ich die alles entscheidende Frage: „Was denkst du über das Leben an sich?" Ich halte gespannt die Luft an und lausche in die Stille. Keine Antwort. Meine Ohren sind gespitzt. In der drückenden Nachmittagshitze summt träge eine Fliege. Außer dem Geheul eines Kleinkindes und dem Knarren eines künstlichen Hüftgelenkes vernehme ich keinen menschlichen Laut. Ich beschließe, weiter zu atmen, um einer Ohnmacht vorzubeugen. Mein Liebster liegt stumm und reglos da. Ich lausche angestrengt in seine Richtung. Nichts. „Denkst du?", frage ich ihn ehrfürchtig. „Nein… ich schlafe." Vorläufig gebe ich es auf und widme mich wieder meiner unterhaltsamen Reiselektüre. Die existentiellen Fragen der Menschheit haben schließlich auch noch Zeit bis zum nächsten Jahr…

Selbstredend war dies nicht das einzig erwähnenswerte Ereignis unserer »happy holidays«. Nichts geht über eine gemeinsame Reise. Allein die Vorfreude beim Durchblättern der Reisekataloge vor dem Urlaub und die gemeinschaftlichen Seufzer beim Durchblättern der

Kontoauszüge nach dem Urlaub ist den ganzen Aufwand wert. Bereits am Flughafen setzte unser Ferien-Feeling ein: Ein überfüllter Wartesaal, eine verspätete Maschine, eine keifende Ehefrau neben mir und gestresste Stewardessen, die mir heißen Kaffee über die Hose schütteten; was gibt es Schöneres? Nicht zu vergessen das Gepäck-schluckende Bermuda-Dreieck, das uns in wirklich jedem Land zu erwarten scheint.

Gerade waren wir im Flugzeug angeschnallt, da stellte mein Freund die obligatorische Frage: „Sag mal, hast du die Kaffeemaschine ausgemacht?" „Ich? Wieso, ich dachte du…" In seiner männlichen Unbekümmertheit lehnte er sich gelassen zurück. „Na wird schon…"

Am Reiseziel angekommen träumte ich von weißen andalusischen Dörfchen, während mein Freund sich genüsslich die Sonne auf den Pelz scheinen ließ, was in diesem Fall wörtlich zu verstehen ist, und nicht nur den herrlichen Meeresblick genoss… Zufällig hatte mein Liebster nämlich unser Lager direkt neben einem »Miss-Bikini« Camp aufgeschlagen. Dabei wäre da hinten bei der Mülltonne auch noch ein schönes Plätzchen frei gewesen. Unauffällig begutachtete ich den Umfang meiner Oberschenkel, um mir schließlich bei dem charmanten Eisverkäufer doch noch eine Kugel zu gönnen, frei nach dem Motto »Jetzt ist es auch egal«. Die Sonne schien, das Geld schmolz und nach dem zweiten mittelschweren Sonnenbrand setzte allmählich die Erholung ein. Gemeinsam suchten wir unser verlorenes Kleingeld im Sand unter der Liege, beschrieben die vielen Postkarten extragroß und teilten so manche Fischplatte inklusive anschließendem Bauchgrimmen. Wir genossen romantische Nächte am Hafen, die uns in unserem Liebestaumel nicht einmal die sturzbetrunkenen selbsternannten »Spaßtouristen« vermiesen konnten. Mann, Wein und Gesang, es war herrlich…

Doch gerade als wir unsere persönliche Liegestuhl-Reservierungstechnik perfektioniert hatten, wurde es schon wieder Zeit für die Heimreise. Wir aalten uns noch einmal ausgiebig in der Sonne und kauften in Windeseile ein paar Strandshops leer, um die Daheim gebliebenen Weißhäute zu besänftigen. Unsere Koffer waren schließlich nur noch mit roher Gewalt zu schließen. Das Taxi kam zu spät und mein Freund suchte panisch nach den Tickets, die „eben noch in meiner Tasche waren, ehrlich!" Wehmütig schauten wir aus dem Flughafenfenster und bekundeten uns gegenseitig, wie schön es war. Zu Haus angekommen kramten wir sogleich die Berge von Schnappschüssen hervor - mein Freund am Strand, ich am Strand, wir Arm in Arm am Strand, Sonnenaufgang am Strand, Sonnenuntergang am Strand, ein Tag am Strand… - und schwelgten in frischen Erinnerungen, bis einer von uns feststellte, dass wir die Kaffeemaschine doch angelassen hatten…

Ein Paar Strümpfe, bitte.
Marco W. Linke

Bislang hatte ich eine eher leidenschaftslose Beziehung zu meinen Strümpfen. Nicht, dass ich sie nicht respektierte. Immerhin ertragen sie mich tagein tagaus und klagen dabei kein einziges Mal über Fußschweiß. Ich kenne nicht viele Leute, die dies von ihren Strümpfen sagen. Allerdings kenne ich auch nicht viele Leute, die überhaupt irgendetwas über ihre Strümpfe erzählen. Ich jedenfalls schätze meine Strümpfe neuerdings mehr denn je. Und zwar sowohl den linken, als auch den rechten Strumpf.

Und das kam so: Es war am vergangenen partnerfreien Mittwoch. Dem Tag, an dem jeder das macht, was ihm gefällt. Der Tag, an dem man alleine durch die Geschäfte bummelt, den Wagen wäscht, beim Frühstück ohne schlechtes Gewissen stundenlang die Zeitungsanzeigen liest oder alte Freunde trifft. An jenem Mittwoch erwarb ich ein wunderschönes Paar Kniestrümpfe - und traf mich eher unfreiwillig mit einem alten Mitschüler Herold Klein. Ich hatte Herold schon seit der achten Klasse nicht mehr gesehen, und vermisste ihn im Groben und Ganzen auch nicht sonderlich. Eigentlich war ich einer der vielen Mitschüler, die es begrüßten, dass Herold die 8. Klasse wiederholen durfte - und dann kein Mitschüler mehr war. Herold war ein sehr unliebsamer Mensch. Er schwitzte ständig, er rauchte - dies auch schon damals - er verprügelte die Erstklässler und scheute keinen Kontakt zu den nicht wesentlich weiterentwickelten Unterprimaten der zwölften Klasse. Eigentlich ist damit die Geschichte Herold auch schon geschrieben.

Jedenfalls rief mich besagter Herold an jenem Mittwoch an. Er hielt sich für ein paar Tage in Berlin auf und fragte, ob wir uns zum Kaffee treffen wollten, um über die guten alten Zeiten zu plaudern. Welche guten alten Zeiten? Da ich an meinem Mittwoch nicht unliebsame Freunde treffen wollte - und schon gar nicht Herold - versuchte ich ihm zu erklären, dass ich derzeit im Büro unabkömmlich sei und einen 24-Stunden-Tag hätte. Ich wollte mich gerade mit einem Bedauern verabschieden, da bedrängte er mich, dass eine Tasse Kaffee sicherlich möglich sei. Er bezahle auch. In meiner Not erklärte ich, dass ich vorhabe, zu verreisen und zuvor noch eine wichtige Rede auf einer Benefizveranstaltung für geruchlose Kinder halten müsse - außerdem auf Kaffee allergisch reagiere. Auch bräuchte mein manisch-depressiver Hund meinen Beistand. Wie immer - in solchen Situationen - verstrickte ich mich in meinen Geschichten und verabredete mich für den Rest des Tages.

Doch wie sich herausstellte, war Herold ein anderer Mensch geworden. Er war bequem gekleidet, ein wenig füllig, was ihn aber sympathisch machte, und erzählte in herzzerreißender Weise seine Lebensgeschichte. Er hatte sich bereits mit 17 Jahren in die Frau seiner Träume verliebt, heiratete mit 19 eine andere Frau, zog mit 20 in ein Einfamilienhaus nahe der holländischen Grenze, hatte mit 21 sein erstes Kind namens Herold (ein Junge), baute mit 22 seinen zweiten weißen Gartenzaun (der erste war aufgrund einer Fehleinschätzung zu kurz geraten) und hatte mit 23 Jahren sein zweites Kind namens Herold (ein Mädchen).

„Meine Güte", sagte ich. Mehr fiel mir zunächst nicht ein. „Du bist ja kaum wieder zu erkennen." Dies traf den Punkt umso mehr. Ich wusste nicht so recht, was ich von seiner Lebensgeschichte halten sollte. Insbesondere fragte ich mich, was er die restlichen Jahre so getrieben hatte, da er bereits mit 23 seine Lebensziele erreicht zu haben schien. Doch schwieg ich. Ich wollte ihn nicht in Verlegenheit bringen. Stattdessen versuchte ich, mit einem aktuellen Bezug das Gespräch wieder aufzunehmen. „Na, Rolde", so nannten wir ihn damals, „was hat dich denn so nach Berlin verschlagen?" Ich wählte einen bewusst saloppen Ton, um noch jugendlich frisch auf Herold zu wirken.

„Weißt du", ich sah, dass er auf diese Frage vorbereitet war, „ich habe hier geschäftlich zu tun. Ich arbeite im Außenhandel einer kleinen Textilfirma."
„Aha."
„Genauer gesagt, ich vertreibe medizinische Stützstrümpfe."
Pause.
„Mann oh Mann", ich brach die Stille, „unser Rolde. Na da kann man ja nicht klagen. Freie Arbeitszeit. Ein Arbeitsplatz im ganzen Lande. Mal hier, mal dort. Wie verwegen. Wie aufregend. Immer andere Leute, immer die schwierige Aufgabe, den großen Unbekannten von der Qualität des Produkts zu überzeugen. Jederzeit bereit, die Argumente des Gegners auszuwerten, um dann mit einem Gegenargument aufzutrumpfen, was den Fremden zum Freund - und den Freund zum Käufer macht. Wie bist du bloß zu diesem Job gekommen?"

Rolde stutzte. Dann erklärte er mir, dass er sein ganzes Leben auf der Suche nach der perfekten Aufgabe war. Aber was er auch tat, nichts schien ihn wirklich zu erfüllen.
Ich nickte.

Er hätte in einem Schnellimbiss gearbeitet, um den Druck der Arbeit zu spüren.

Ich nickte.

Dann versuchte er sich in einem Restaurant als Aushilfskellner und später als Koch.

Ich nickte.

Er arbeitete als Maler, Elektriker, Hausierer, suchte ein für ihn geschaffenes Arbeitsfeld, einen ausgedehnten Wirkungskreis und einen flexiblen Tätigkeitsbereich. Er arbeitete im öffentlichen Dienst, hatte ein Gewerbe, betrieb ein Handwerk und ermittelte in verdeckter Mission als Stromdetektiv.

Ich schlief.

Aber dann, Herold lehnte sich mit ernster Miene vor und hielt einen Augenblick inne. Ich erwachte. Die plötzliche Spannung zerschnitt die Luft wie einen Weichkäse. Herold holte bedächtig Luft und schaute mir verheißungsvoll in die Augen. Ich begann zu fürchten, er wolle sich in Berlin niederlassen oder den Rest seiner unendlichen Geschichte erzählen. Stattdessen zupfte er an meinem Ärmel und flüsterte „Strümpfe. Ich fand meine Bestimmung in den Strümpfen."

Damit hatte ich nicht unbedingt gerechnet. „Es sind die Strümpfe, sagte er voll Überzeugung „die mein Leben veränderten. Die Strümpfe öffneten mir die Augen. Weißt du...", seine Stimme begann zu zittern. Ich wusste nicht. Er fuhr fort: „...über Jahre suchte ich nach meiner wahren Berufung und übersah, dass sich daheim meine Frau Inge vor Langeweile quälte. Sie klagte, dass ihr Leben grau und eintönig sei und es ihr an der kleinsten Abwechslung fehle. Unsere Ehe begann zu kriseln. Was sollte ich tun? Was könnte ich tun? Was ich brauchte, war eine richtige Überraschung. Ein Knall. Etwas Unvorhersehbares. Das gewisse Etwas. Du weißt schon. Aber was würde Inge nicht nur überraschen - sondern begeistern? Und eines Abends kam meine Chance. Sie war seit Stunden in der Waschküche verschwunden. Da vernahm ich zufällig, wie sie fluchend verzweifelte, dass all die Strümpfe in der Waschmaschine verschwanden. Immer nur der linke. In gewissenhafter Sorgalt erlegte unsere Waschmaschine so Paar für Paar.

Eine Metapher für unsere Ehe? Ich erkannte sofort, ich müsste die Strümpfe unserer Ehe retten. In meiner Naivität glaubte ich, die Waschmaschine hereinlegen zu können, indem ich nur noch rechte Strümpfe wusch. Aber an rechten Strümpfen hatte sie keinerlei Interesse. Dann nummerierte ich die Strümpfe und saß über Stunden vor der Waschmaschine, um sie „in flagranti" zu erwischen. Zwar verschwanden die Strümpfe nach wie vor, doch blieb ich ohne Beweis. Die Waschmaschine kannte alle Tricks und hatte ein hervorragendes Versteck. Sie behielt den längeren Atem.

Aber mit der Zeit entwickelte ich eine tiefe Beziehung zu meiner Waschmaschine. Ich sah in ihr nicht nur den Waschautomaten, sondern einen Freund. Einen Freund, der mir half, die Wäsche zu waschen. Ich nannte sie - Herold. Wir verbrachten mittlerweile Tag und Nacht zusammen. Und eines Morgens - nach einer gemeinsam durchzechten Nacht - fand ich ein vollständiges Paar Strümpfe in der Waschtrommel. Linker und rechter Strumpf. Frisch gewaschen. Ich ertappte mich, wie mir eine Träne über die Wange lief. Mit weichen Knien ging ich in das Wohnzimmer. Ich zeigte meiner Frau den Fund und sagte: „Ich hab's für dich getan. Alles was ich weiß, hab ich von dir gelernt." Zusammen saßen wir bis tief in die Nacht still im Wohnzimmer und schauten auf den Couchtisch, auf welchem die zwei Socken ausgebreitet lagen. Meine Frau griff meine

Hand und meinte, sie sei so froh, mich wieder zurück zu haben. Jetzt würde alles gut. Meine Socken retteten meine Ehe. Die Socken sind meine Bestimmung."

Das Restaurant schaute gebannt zu unserem Tisch. Der Kellner säuberte wie in Trance das längst porentief reine Glas und eine alte Dame am Nachbartisch schnäuzte sich vor Rührung. Ich kann offen zugeben, dass auch ich den Tränen nahe war.

Als ich am Abend heimging, kam mir der Gedanke, dass ein »komplettes« Paar Strümpfe sicherlich auch für meine Beziehung förderlich wäre. Auch wenn es zu Hause nicht kriselte, könnte es nur ratsam sein, einer Beziehungskrise rechtzeitig vorzubeugen. Und wenn ich meiner Freundin ein frisch gewaschenes »Paar Strümpfe« reichen könnte, wäre sie sicher ebenso überrascht wie stolz auf mich. Sie würde mir ihre Liebe auf ewig schenken.

Die Umstände waren günstig. Meine Waschmaschine war ebenfalls kleptomanisch veranlagt und ich hatte just ein prächtiges Paar Strümpfe gekauft. Gerade gut genug für diesen Test. Ich legte die Strümpfe sorgsam in die Waschmaschine »Waschmaschine« - ich konnte mich in der Eile für keinen Namen entscheiden und nannte die Waschmaschine »Waschmaschine«. Dann setzte ich mich vor die Waschtrommel und erzählte ihr Herolds Geschichte. Ich streichelte sie ein bis zwei Mal und versuchte möglichst glaubhaft zu beteuern, dass ich sie ganz doll lieb hätte. Dabei behielt ich stets ein Auge auf die Tür der Gemeinschafts-Waschküche gerichtet, um nicht von einem Nachbarn überrascht und für geisteskrank erklärt zu werden. Ich zögerte ein wenig, bevor ich den Waschgang startete, aber dann glaubte ich ein aufmunterndes „Na los" aus der Trommel gehört zu haben.

Und nun das Unglaubliche. Nach dem letzten Trockengang waren beide Socken in der Trommel zu finden. Da lagen sie. Ich fühlte, wie ein Schauder über meinen Rücken zog. Zwar war das Pärchen auf niedliche Kindergröße geschrumpft - aber das änderte nichts an der Tatsache, dass beide Strümpfe in der Waschtrommel lagen. Leider konnte ich meine Waschmaschine nicht vor Freude umarmen, da just unsere Nachbarin mit misstrauischem Blick in die Waschküche trat. Um mir die Gunst der Maschine zu erhalten, flüsterte ich noch rasch ein leises „Dankeschön".

Dann wartete ich in unserer Wohnung auf meine Freundin. Die geschrumpften Strümpfe in der Hand. Als meine Freundin heimkam, empfing ich sie wie wild mit den Strümpfen winkend. Ich hielt ihr die Kinderstrümpfe auffordernd entgegen - und sie werden es kaum glauben: sie schien tatsächlich überrascht.

Hochglanz-Romantik
Barbara Schilling

Sicher wundern Sie sich auch manchmal, warum Ihr Partner genauso reagiert, wie er gerade reagiert, und was verflixt noch mal nur in seinem Kopf vorgeht! In solchen Situationen, wenn ich denke, ich werde das andere Geschlecht wohl nie verstehen, versenke ich mich manchmal in eine überaus unterhaltsame Übung, die einen den Partner mit völlig anderen Augen sehen lässt: Rollentausch. Ich stelle mir vor, ich wäre ein Mann. Und müsste zum Beispiel… kochen!

Sicher wissen Sie aus eigener Erfahrung, dass Liebe anstrengend sein kann. Z. B. wenn Ihre Ex-Freundin zum dritten Mal in dieser Woche anruft. Dann ist der Streit vorprogrammiert, obwohl Sie gar keine Schuld trifft. Ebenso knistert die Luft nicht gerade vor Romantik, wenn ihre Partnerin erschöpft von der Arbeit heimkommt und Sie vor lauter Faulenzen vergessen haben, einzukaufen - geschweige denn zu kochen, was sowieso meist nur in einer mittleren Küchen-katastrophe endet. Doch dieses Argument lässt ihre Lebensgenossin nicht gelten. Da hilft nur ein todsicheres Rezept: Tiefkühlpizza!

Bei Tiefkühlpizza können Sie nichts falsch machen, sie gelingt immer, man kann zwischen etlichen köstlichen Varianten wählen, soweit man des Italienischen halbwegs mächtig ist und »Funghi« nicht für eine asiatische Kampfkunst hält bzw. wenn man die Bilder auf den Packungen ausreichend interpretieren kann.

Ihre Angebetete wird gezähmt und Ihnen ein „Amore mio!" gleich einer rolligen Perserkatze über den Tisch hauchen. So zumindest verspricht es die Werbung.

Darum bin selbst ich bereit, diesen stattlichen Preis für ein Stück kalten Teig mit Tomatenpampe zu zahlen, obwohl man für das Geld eigentlich auch gleich (zum kleinen Italiener Alberto Grande) essen gehen könnte.

Um den perfekten romantischen Abend für meine Liebste und mich zu gestalten, habe ich besagten Werbespot viele Stunden intensiv studiert, statt mich mit einem langweiligen Kochkurs aufzuhalten: Im Fernsehen jedenfalls ist wie immer alles perfekt: Ein blendend weiß gedeckter Tisch in eine elegante Einrichtung eingepasst, Hunderte von Kerzen schaffen eine angenehm warme Atmosphäre und die attraktive Mittzwanzigerin sitzt bereits mit geschlossenen Augen erwartungsvoll am Tisch.

Nun kommt der große Auftritt des cleveren modernen Mannes: Geheimnisvoll lächelnd schwebt er in den Raum, in den Händen je eine wundervoll dampfende Pizza samt Steingutteller balancierend. Mit vollendeter Grazie lässt er diese auf den Tisch gleiten. Die Augenlider der Dame zucken bereits vor Neugierde. Ihre Nasenflügel blähen sich, während sie eifrig schnuppert; ihr tiefrot geschminkter Mund verzieht sich zu einem sinnlich genießerischen Ausdruck. Erst jetzt darf sie die Augen öffnen. Natürlich kann sie sich vor freudiger Überraschung kaum auf dem Designerstuhl halten. Eine Pizza, eine echte Pizza! »Oh«, wie gut sie aussieht, »ah«, wie gut sie riecht. Ob sie auch so gut schmeckt? Sie klimpert mit den Wimpern, lächelt ihn ein weiteres Mal über ein Meer von Kerzen hinweg an und schneidet langsam ein winziges Stück von dem vermeintlichen Wunder auf ihrem Teller ab. Erstaunlich, dass sie bei dieser Menge überhaupt etwas schmeckt… In Zeitlupe lässt sie das Stück im Mund verschwinden, kaut, die Lider geschlossen zwecks ungestörter Auskostung des himmlischen Augenblicks, um den Blick dann wieder lasziv auf ihren Gegenüber zu richten. Dieser freut sich sichtlich über seinen Erfolg und scheint im Taumel der Hormone seine eigene Pizza bereits völlig vergessen haben.

In der folgenden Kameraeinstellung schaut sie ihm tieeeef in die Augen, flüstert samtig wild „Ti amo" und bläst entschlossen die Kerze aus. Ui! Dunkelheit - die anderen 400 Talglichter müssen auf mysteriöse Weise bereits vorher abgebrannt sein… Ein letztes Mal wird das Markenprodukt gezeigt, der Slogan penetriert, dann ist auch dieser Spot zu Ende.

Soweit so gut.

Wenn auch Sie wieder einmal einen heißen italienischen Abend in den eigenen vier Wänden genießen möchten, sollten Sie jedoch unbedingt eine Feuerversicherung abschließen und folgende Aspekte beachten:

1. Sie benötigen eine Wagenladung Kerzen. Mindestens 50 Stück sollten Sie allein im Esszimmer bzw. dort wo Sie zu speisen wünschen, platzieren (Übrigens senkt das enorm die Heizkosten); stoppen Sie ihre Brenndauer mit der Uhr und entfernen Sie unbedingt alles leicht Entzündliche!

2. Das richtige Interieur muss gegeben sein. Das bedeutet: raus mit den Ikeamöbeln. Plündern Sie Ihr Sparbuch, kündigen Sie Ihre Rentenversicherung - das Leben ist hier und jetzt - und kaufen Sie teure italienische(!) Designermöbel.

3. Das wahrscheinlich größte Problem der meisten Männer wird darin bestehen, eine attraktive Mittzwanzigerin zu finden, die zumindest einige Worte italienisch spricht und mit Ihnen zu Abend essen möchte, und zwar im Abendkleid bei Ihnen daheim.

Nun, da kann ich Ihnen leider auch nicht helfen. Lassen Sie sich etwas einfallen, seien Sie kreativ!

4. Beschaffen Sie sich eine einschlägige Frauenzeitschrift, die verrät, wie zu solch feierlichem Anlass der Tisch zu decken ist, und üben Sie das Balancieren der Teller, sowie diese lautlos auf dem Tisch zu platzieren. Es empfiehlt sich hier, zuerst Ihren eigenen Teller abzustellen, um dann mit beiden Händen den anderen sicher vor Ihre Auserwählte zu setzen. Hat nämlich die Dame die Pizza erst einmal auf dem Schoß, gestaltet sich das weitere Vorgehen oft als ungemein schwierig…

Ich rate Ihnen daher eine Situation gleich der empirischen Realität zu schaffen. Laden Sie Ihre Tante, Schwester oder Mutter zum Probe-Essen ein. Mit ihr als Probandin sollte das gesamte Procedere einmal durchgespielt werden. Allerdings ist es unerlässlich, vor Ausblasen der letzten Kerze die genaue Position des Lichtschalters zu bestimmen, um Ihre neu erworbenen Möbel vor einer ruinösen Unachtsamkeit in letzter Minute zu bewahren.

5. Den höchsten Stellenwert bei Ihrem Vorhaben aber hat das Einkaufen. Wenn Sie das Einkaufen vergessen, können Sie Ihren Plan gleich auf Eis legen.

Achtung: Sie sind nicht der einzige Single mit Werbe-Fernsehen in der Stadt. Sichern Sie sich so früh wie möglich die begehrte Tiefkühlkost. Denn bereits ab Donnerstagmittag tendiert die Chance gegen Null, für den bevorstehenden Samstag noch eben zwei »original Qualitätspizzen« zu ergattern - und das alles nur wegen einer verheißungsvoll ausgeblasenen Kerze in einem Hochglanz-Werbespot für Tiefkühlpizza!

Wasser

Marco W. Linke

Vor gar nicht so langer Zeit beschäftigte ich mich eingehend mit dem Mysterium »Wasser«. Der Grund meiner Leidenschaft war eine überaus anregende Diskussionsrunde in der städtischen Bibliothek. Ein junger Dozent aus einer ländlichen Gegend Westfalens las seine Dissertation zu dem Thema »Wat dat Water alles kann« in einem ihm angeborenen Plattdeutsch.

Wir, die unwissende Hörerschaft aus der Stadt und näheren Umgebung - der Mittelmark   versuchten, Fragmente der plattdeutschen Sätze zu verstehen und durch geschicktes Aneinanderreihen der einzelnen Brocken einen Sinn in die Lesung zu interpretieren. Soweit ich es verstanden habe, gleichwohl meine Leidensgenossen in der Reihe vor mir eine ganz andere Erleuchtung nach Hause trugen, war seine Kernaussage, dass Wasser unser Leben unser Handeln unser Sein bestimme. Und dies nicht nur in biologischer Hinsicht, sondern allgemein global. Wasser sei in uns, um uns und über uns. Wasser sei »Quell des Lebens« - und wer das bezweifle, sei ein dummer Mensch.

Mit diesem absoluten, Mark-und-Bein-durchdringenden Standpunkt, verwirrte mich der junge Mann nachhaltig. War denn nicht die Liebe »Quell des Lebens«, »Dreh- und Angelpunkt« der Geschichte? - Oh mein Gott. »Angelpunkt«. Schon bestimmte das Wasser latent meine Gedanken. Hatte dieser Gelehrte am Ende Recht? Ich wurde bleich und meine Hände feucht. Da ich die Mundart des Fremden nicht beherrschte und damit jegliche kommunikative Basis fehlte, blieb mir nichts anderes übrig, als selbst dieser alles in Frage stellenden These »auf den Grund« zu gehen.

Was könnte dieser junge Dozent aus Westfalen gemeint haben, als er gerade das Wasser zur zentralen Materie des Seins erhob. Ein Rätsel. Nahezu ein Rats. (Anmerkung: die Verkleinerung durch den Umlaut »ä« würde diesem gewaltigen Rätsel nicht gerecht werden - ebenso wie ein großes Brot eben kein kleines Brötchen und ein Luftstoß kein leichtes Lüftchen ist.) Ich ging nach Hause und setzte mich an den heimischen Küchentisch, um nachzudenken. Ich denke grundsätzlich am Küchentisch. Ich schob die abgelaufenen Tageszeitungen und das Tablett mit den Frühstücksutensilien beiseite - dann meinen Kopf zwischen die Hände. Was hat es mit diesem Wasser bloß auf sich? Ich atmete schwer.

Ich saß. Ich schloss die Augen. Die Uhr tickte. Aha, der Kühlschrank brummt mal mehr und mal weniger. Interessant. Ich saß. Meine Freundin ging wortlos vorbei. Wasser. Gar nicht so einfach. Bislang stand ich dem Wasser ja eher neutral gegenüber. Ich hatte mich mit dem Thema nicht mehr auseinandergesetzt, als jeder andere in meinem Bekanntenkreis, dem Bademeister Olaf Herzberg einmal ausgenommen. Ich griff zur französischen Wasserflasche Can-tell »Savoir-Vivre« und begann das Etikett zu studieren:

Eiweiß 0g,

Kohlenhydrate 0g,

Zucker 0g,

Fett 0g,

gesättigte Fettsäuren 0g,

Ballaststoffe 0g,

Natrium 0,001g.

Erstaunlich, eigentlich hatte ich eine leere Flasche gekauft. Vielleicht wollten die Franzosen den europäischen Markt schleichend erobern. Wie auch immer, das stille Wasser auf dem Tisch verriet mir nichts Wesentliches über das bislang so unterschätzte Nass. Es blieb still. Dann versuchte ich, an meinen Biologieunterricht der 7. Klasse anzuknüpfen, um mit meinem mühsam angeeigneten Allgemeinwissen die geheime Macht zu entschlüsseln. Die Zeit verging. Ich saß, den Kopf nach wie vor zwischen den Händen vergraben. Ich saß dort, und mir fiel nichts aus meiner Schulzeit ein. Das heißt; doch: Mein immer zu dünn mit Nuss-Pli geschmiertes Pausenbrot, während all die anderen fingerdick Nutella auf ihren Broten gehabt hatten.

Meine Freundin ging wortlos vorbei. Es wurde dunkel.

Nahezu unbemerkt begann mich das Wasser in seinen Bann zu ziehen. Die stille Kraft entfaltete sich mehr und mehr. Erst zögerlich, dann immer entschlossener flog mein Stift über den Notizblock. Ich dachte an Mineral-, Spül-, Speise-, leichtes -, schweres -, stilles -, sprudelndes - und Abwasser.

Ich brummelte:
Quellwasser,
Grundwasser,
Waschwasser,
Brunnenwasser,
Leitungswasser,
Zisternenwasser,
Aqua destillata,
Trinkwasser,
Heilwasser,
Hahnenwasser,
Schneewasser,
Flusswasser,
Meerwasser,
Regenwasser,
Hochwasser,
Süßwasser,
Salzwasser,
Sauerwasser,
destilliertes Wasser,
H^2O,
Badewasser bis hin zum
 Toilettenwasser.

Mein Kölnisch Wasser versagte. Aber nichts konnte mich nunmehr von meinem Block trennen. Ich gönnte mir nicht einmal eine Pause zum Wasser lassen. Es waren unzählige Wochen, die ich nicht ansprechbar durch die Gänge zahlloser Bibliotheken geisterte. Keine Enzyklopädie, kein Lexikon, keine Tageszeitung der vergangenen 45 Jahre, nicht einmal die Bibel - noch der kleine Katechismus entgingen meiner Suche. Der Haushalt kam zum Erliegen, da es meine Freundin leid wurde, immerzu alleine aufzuräumen. Die Fenster ver-

dunkelten aufgrund des anhaftenden Drecks und der
Fußboden begann zu kleben, so dass es immer
beschwerlicher wurde, beim Durchqueren der
Wohnung die Schuhe an den Füßen zu behalten.

Aber je mehr ich forschte, desto mehr sah ich der bitteren Erkenntnis ins Auge, dass mein Streben nach
Wissen mit einem verzweifelten Schlag ins kalte Nass
enden würde. Nie würde ich erfahren, was der junge
Dozent aus Westfalen so selbstverständlich entschlüs-
selt hatte. Wahrscheinlich könnte ich ihm einfach nicht
das Wasser reichen. „Stille Wasser sind tief", dachte ich,
„und dieses Wässerchen ist dazu noch mit allen
Wassern gewaschen. Erst erzählt er uns Städtern
Geschichten, dass einem das Wasser im Munde zusam-
menläuft, und dann taucht er im flachen
Westfalenlande ab, und lässt uns mit dem Wasser bis
zum Halse zurück." Langsam begann ich diesen
Jüngling mit seinem plattdeutschen Lächeln zu hassen.
Ich versuchte, mich ein wenig zu erheitern, und stellte
mir diesen netten jungen Dozenten bei Brot und Wasser
in einem tiefen dunklen Kerker vor. Jedenfalls würde
dort niemand seine sadistischen Vorlesungen zu hören
bekommen.

Und sowie ich gerade gewillt war, meinen düsteren
Gedanken zu erliegen, suchte sich ein Sonnenstrahl den
Weg durch das Dunkel des Küchenfensters und
erleuchtete ein Foto von meiner Liebsten und mir. Ich
konnte kaum mehr unsere vergilbten Gesichter erkennen und befreite uns mit größter Sorgfalt vom Staub.
Plötzlich schien alles ganz einfach. Was wäre, wenn dieser Dozent gar nicht Recht hätte. Vielleicht habe ja ich
Recht und »Quell des Lebens« ist die Liebe.

Ich verharrte und vor Aufregung vermochte ich es nicht einmal, ein Wort der Freude über meine Lippen zu bekommen.

Natürlich. Der Dozent aus Westfalen musste im Unrecht sein. Nur das erklärte, warum ich in all der Zeit nicht fündig wurde. Wenn ich seine plattdeutschen Argumente nur damals schon verstanden hätte - ich wäre aufgesprungen und hätte einen spontanen, dafür umso kontroverseren Disput mit ihm geführt. „Oh, Sie...", ich sah mich geradezu auf dem Pulte stehen und mit geschwollener Brust und barschem Ton dem Jüngling entgegentreten. „Oh Sie, mag sein, dass der Mensch fast nur aus Wasser besteht, die Erde größtenteils von Wasser bedeckt und, dass das Wasser lebensnotwendig ist... aber »Quell des Lebens« ... (nun war es der richtige Zeitpunkt für eine poetische Pause) ... »Quell des Lebens« ist es sicherlich nicht!" Ich sah den westfälischen Jüngling mit bleichem Gesicht förmlich zittern. Sodann hätte ich meine gespitzte Lanze erhoben und ihm den letzten Stoß des für Gerechtigkeit kämpfenden Literaten versetzt: „Nein, »Quell des Lebens« ist die Liebe!"

Ich weiß nicht, ob ich mit meiner These wirklich Recht behalte. Aber jedenfalls halte ich mich mit diesem Gedanken gut über Wasser.

Lieblos

Barbara Schilling

Lieblose Menschen scheinen auf unserem wunderlichen Erdball leider genauso häufig vertreten zu sein wie die Liebenden. Man trifft sie überall: in der Waschanlage, auf dem Schulklo oder in der vermeintlich intakten Bürogemeinschaft. Besonders häufig sind sie in Geschäften in Gestalt von hartherzigen, lächelresistenten Verkäufern oder permanent quengeligen Kunden anzutreffen. Um eines gleich anfangs klar zu stellen, meine Geschichte meint nicht diese temporär gefühllosen Mitbürger, die an der Kasse aus Prinzip vordrängeln oder ihr Kind heftig ausschimpfen, weil es die Süßigkeiten bereits im Laden isst. Nein, ich rede von Menschen, denen die Liebe gänzlich fehlt. Sie haben niemanden, den sie lieben können, der sie wiederliebt. Sie sind »lieb-los«.

Man erkennt sie sofort: eingefallene Wangen, leere Augen, zusammengekniffene Münder. Sie wandeln umher wie die Zombies aus diesen furchterregenden Filmen; nur reißen sie niemandem die Eingeweide heraus, sondern rufen fundamentales Mitleid hervor. Wenn man ihnen begegnet und ihr trauriges Gesicht sieht, steigen mir spontan die Tränen in die Augen. So stehe ich also im Bus und heule noch, wenn der arme Mensch längst schon wieder ausgestiegen ist. Zugegeben: In diesem Bereich ist meine Fantasie schier grenzenlos und gerade zur Adventszeit vergieße ich sicher die eine oder andere überflüssige Träne: Auf so manchen Passanten wartet vielleicht eine mehr oder minder liebevolle Familie zu Haus, doch in Anbetracht der Scheidungsrate ist es doch eigentlich nur eine Frage der Zeit, bis auch dieser zu den »Lieb-losen« gehört. Da deutsche Paare im Schnitt nur acht Minuten pro Tag miteinander reden, steigt die Wahrscheinlichkeit einer schmerzhaften Trennung quasi stündlich. Dazu kommt der durch den Konsumterror bedingte vorweihnachtliche Stress, der schon einige vermeintlich glückliche Partner zum plötzlich panischen Bruch nicht nur mit jahrhundertealten Weihnachtstraditionen getrieben hat.

Also kann es wohl nicht schaden, schon einmal sozusagen präventiv sein emotionales Unglück mit dem Betroffenen in spe zu teilen. Lieber etwas zuviel Gefühl als zu wenig, oder? Mein Freund sieht das natürlich ganz anders. Männer… Er kann mich in dieser Hinsicht genauso wenig verstehen wie meine Begeisterung für kitschig-schönen Christbaumschmuck, den ich jedes Jahr in der aktuellen Trendfarbe erstehen muss; sonst fehlt mir einfach etwas. Doch ich ignoriere geflissentlich seine Einwände, schleife ihn unbeirrt durch die von Plastiktannen gesäumten Kaufhausgänge und durchforste mit Kennerblick die Schnäppchenabteilung nach Weihnachtsdekoration und brauchbaren Geschenken. Leider ist die Gattung Mann von Natur aus sehr ungeduldig. Egal ob es sich um ein Fußballspiel handelt, bei dem er alle zwei Minuten mit vor Aufregung rotem Kopf „Schieß doch, schieß doch endlich!" brüllt, oder eben um eine Shoppingtour. Diese kann noch so notwendig sein; mein Freund würde seiner Familie ohne mein Drängen vermutlich liegen gebliebene Ostereier zur Bescherung überreichen - wenn überhaupt… So hat er also auch keinen Sinn für tolle nützliche Angebote wie die Profiheckenschere zum Sensationspreis von nur 49,95 € oder das Bratpfannenset mit Antihaftbeschichtung für 129,90 €. »Und das ist noch nicht alles…« Schon beim Kauf von zwei Pfannensets gibt es einen ultraleichten Spritzschutz sowie sechs formschöne Kunststoff-Eierlöffel in Mintgrün gratis dazu. Während ich krampfhaft versuche, passende Präsente für meine und seine ausgesprochen liebenswerte, und vor allem umfangreiche, Verwandtschaft zu ergattern - Tante Hilde steht auf meiner Liste, wer ist eigentlich Tante Hilde? - verzieht er sich klammheimlich in die Elektroabteilung, um dort gedankenversunken sämtliche Digitalkameras ein- und auszuschalten. Er lächelt, er scheint glücklich. Und ist das nicht das Wichtigste? Nun, momentan ist das wichtigste, ein halbwegs harmonisches Weihnachtsfest hinzukriegen und dabei ist die Geschenkefrage - wer kriegt was in welcher Preisklasse von wem - von enormer Wichtigkeit; auch wenn das natürlich niemals jemand freiwillig zugeben würde... Also dann, ich lasse meinen Begleiter links liegen, quengele wegen der schlechten Auswahl, raffe zusammen, was ich noch kriegen kann, schimpfe ein Kind aus, weil es die Süßigkeiten bereits im Laden isst und drängle mich an der Kasse vor.

Stopp. Ich zögere, weil ich das Gefühl nicht loswerde, dass hier irgendetwas falsch läuft. Was kann es nur sein? Ich spule zurück: links liegen lassen, quengeln, raffen, schimpfen, drängeln. Seltsamerweise passen diese Tätigkeiten gar nicht, aber überhaupt nicht zu dem, was ich mit Weihnachten verbinde. Ich möchte zur Adventszeit besonders freundlich, hilfsbereit und natürlich liebevoll sein. Ich schaue lange in das warme Leuchten einer elektrischen Lichterkette über mir, dann beschließe ich, alles wieder zurück zu legen. Fröhlich und mit leeren Taschen verlassen wir kurze Zeit später das Kaufhaus. (Anmerk. d. Autorin: Die Digitalkamera haben wir zurücklegen lassen...)

Es ist der 24. Dezember. Langsam wird es hektisch, die Berge von Geschenken warten darauf, ausgepackt zu werden. Die Luft ist von tragender Weihnachtsmusik, von Knistern und mehr oder weniger angenehm überraschten „Ahs" und „Ohs" erfüllt. Aufgrund der Fülle von Personen und Präsenten verschwindet im Eifer des Gefechts schon mal das eine oder andere Geschenk unbemerkt unter dem Sofa - und wird später nicht einmal vermisst. Als der Lärm seinen Höhepunkt erreicht hat, stelle ich ein kleines Paket in die Mitte des Raumes. Plötzlich herrscht gespannte Stille. Ich erkläre, dass dies mein Geschenk an die ganze Familie ist. „Für alle zusammen?", fragt Tante Hilde ungläubig. Auf ihrem Gesicht vertieft sich die Stirnfalte zu einem Krater. Sie sieht mich an, als wolle sie das Geschenk, das sie mir gemacht hat, unter diesen Umständen umgehend zurückfordern. Nun, ich hätte nichts dagegen; sicher würden es die sechs mintgrünen Eierlöffel bei ihr viel besser haben als bei mir…

So eine kleine Schachtel, und diese soll etwas enthalten, was allen Freude macht? Man schaut sich skeptisch und neugierig an. Mein Vater ergreift zwischen vier Paar marineblauen Herrensocken und zwei neuen Schlipsen sitzend die Initiative und löst vorsichtig die Schleife. Nachdem er das Papier zur Seite geschlagen hat, sieht er mich mit großen Augen an. „Aber das ist ja gar nichts drin", wundert er sich. „Was?", „Guck noch einmal nach.", „Bist du sicher?" Ein kleiner Tumult entsteht; alle drängeln sich um den Karton und versuchen, etwas zu erspähen. Onkel Erwin beginnt eifrig, seine Brillengläser zu putzen und die kleine Anna ist schon beinahe ganz im Inneren der Kiste verschwunden.

Ich erkläre, dass dieses Paket etwas ganz Besonderes enthält, nämlich meine Liebe - nicht mehr aber auch nicht weniger. Die Ratlosigkeit auf dem Gesicht meiner Schwester weicht langsam einem Lächeln. „Das ist eine wunderschöne Idee." Ich schaue in die Runde. Einige Familienmitglieder wirken nachdenklich, manche können es nicht glauben und suchen geduldig weiter und wieder andere schauen sich verstohlen nach den übrigen Geschenken um, in der Hoffnung, diese mögen wieder zu den materiellen gehören.

Schließlich sitzt die ganze Familie zusammen am Tisch; wir essen, reden und lachen über Opas dritte Zähne, die dem Gänsebraten nicht so recht gewachsen sind.

„Das war ein tolles Geschenk", denke ich zufrieden - da fällt mir ein, ich muss unbedingt noch die neue Fotokamera aus dem Kaufhaus abholen…!

Redewendung bleibt Redewendung

Marco W. Linke

Redewendungen sind ein Steckenpferd meiner liebsten »Freundin B.«. Sie scheint in Redewendungen zu denken, zu sprechen und wenn möglich auch zu leben. Und sollte es einmal keine passende Redewendung geben, erfindet sie ganz einfach eine neue. Besonders letzteres begeistert sie zunehmend. Dabei ist ihre Kreativität ebenso beachtlich wie ihr Ehrgeiz. So sieht man sie immerzu mit zusammengekniffenen Augen konzentriert den Menschen auf der Straße lauschen. Dabei legt sich ihre Stirn kraus in Falten und ihre Hände reiben einander. Tatsächlich ist es wohl eine besondere Fähigkeit, einem Menschen zuzuhören und gleichzeitig die gesprochenen Sätze auseinander zu nehmen, um sie dann wieder sinnwidrig zu kombinieren. Die besondere Schwierigkeit besteht indes darin, den Gesprächspartner nicht zu durchbohrend anzuschauen. Dieser würde verunsichert werden und verlöre sein normales Sprachverhalten. „Dadurch sinkt die Chance auf neue Wortspielereien auf unter 23 Prozent″, erklärte sie mir ihre neuesten empirischen Erhebungen.

Als Königsdisziplin gelte es aber nicht nur neue - sondern vor allem surrealistische Redewendungen aufzuspüren. Hätte meine liebste Freundin B. bereits einige Jahre zuvor gelebt, hätte Till Eulenspiegel gewiss ein schweres Spiel gehabt. Da aber ihr Platz unter den Ikonen der Literatur nunmehr vergeben ist, begnügt sie sich damit, ihre Liste sinnwidriger Redewendungen ins Uferlose wachsen zu lassen. Ihre stattliche Sammlung reicht vom „Lügen, bis sich die Balken biegen″, „Über den Schatten springen″, „Ins Blaue fahren″ bis hin zum „Vor Wut platzen″. (Diese Redewendung gefällt mir persönlich besonders, da mich die realistische Umsetzung von meinem damaligen cholerischen Chef und Verleger schlagartig befreit hätte.)

Aber nun zur Geschichte, die ich eigentlich erzählen wollte: Ich und meine liebste Freundin B. saßen an einem kühlen Dienstagnachmittag vor einem netten Straßencafé einer kleinen gemütlichen Hafenstadt. Obwohl es eher kalt als kühl war, drängte mich meine Freundin nicht unbedingt unterschwellig, statt im warmen Café - lieber auf der Terrasse Platz zu nehmen. So ließ sie beiläufig die Bemerkung fallen, dass wir demnächst auch zu Hause bleiben könnten, wenn wir immerzu »im« Café säßen, und nicht an der frischen Luft blieben. Außerdem schiene so herrlich die Sonne.

Meine durchaus nachvollziehbare Gegenargumentation, dass die Sonne so herrlich zu sehen sei, weil sie ungehindert durch die bereits entlaubten Bäume schiene, und überdies auch die vom sibirischen Winter heimgesuchten Eskimos Zeitzeugen der Sonne wären, was sie jedoch nicht veranlassen würde, »vor« ihrem Iglu Kaffee zu trinken, ließ meine Freundin im wahrsten Sinne des Wortes kalt. Sie blieb stumm und schaute eindringlich, was so viel bedeutete wie: „Na gut, aber dann kannst du das nächste mal alleine spazieren gehen."

Da es ebenso sinnlos wie erfolglos geblieben wäre, den Unterschied zwischen einem Spaziergang an frischer Luft und einem kleinen Päuschen im warmen Café zu erklären, nahmen wir »vor« dem Café Platz. Der Umstand, dass die Stühle bereits an die Tische gekettet und die Tische selbst gegen den hereinbrechenden Winter durch Planen geschützt waren, ließ Fräulein B. unbeeindruckt. Die frische Meeresbrise tat ihr Übriges und nicht einmal der von mir vergötzte warme

Kakao mit Sahne - für den ich gern bereit war den stattlichen Preis von 5,50 Euro zu zahlen - konnte mein Herz erwärmen.

In dieser leicht angespannten Stimmung kam unser Gespräch ausgerechnet auf Redewendungen. Fräulein B. taute sichtlich auf und schlug mit ihrem geballten Wissen in meine Richtung. Ihr Hirn schien plötzlich zu glühen, und eine Redewendung folgte nahtlos der anderen. Ich bewunderte ihren Einfallsreichtum und lobte ihre Kreativität.

Dann meinte sie plötzlich: „So, jetzt bist du aber mal dran!" „Nee", erwiderte ich. „Mach du ruhig weiter, du bist grad so gut in Fahrt." Stille. Stille. Eine Windböe trieb ein Blatt über die Straße. Stille. Dann lächelte sie aufdringlich: „Du traust dich wohl nicht gegen mich anzutreten, was?" „Quatsch." Wieder Stille. Mein Hirn schien wie vereist. Ich versuchte, möglichst gleichgültig zu schauen, doch grübelte ich in Wirklichkeit verzweifelt nach einer ebenso treffenden wie einzigartigen Redewendung. Aber nichts fiel mir ein. „Tja, macht ja nichts", lachte sie mich höhnisch an, als wäre ich zu dumm, mir nur ein einziges Wortspiel auszudenken. Bemüht mich zu entspannen, hörte ich tief in die kühlen Gänge meines Innersten. Irgendwo muss sich doch so ein verdammtes Wortspiel versteckt haben. Indes triumphierte meine mir nicht mehr liebste Begleitung: „Gut Ding will eben Weile haben. Nun schau nicht so eingeschnappt." Ich schaute nicht eingeschnappt - eher bösartig.

„Hier draußen sind meine Gehirnzellen ganz und gar vereist", schniefte ich in meiner Not mit einem abwinkenden Blick. Dann trank ich wie von Besessenheit getrieben meinen heißen Kakao. Dabei beschwor ich ihn, mein Hirn möglichst rasch aufzutauen. Aber nein.

Nichts passierte. Außer, dass meine Zunge taub wurde und sich mein Magen kurzzeitig verkrampfte. Dann stand mein Körper wieder kurz vorm Kältetod. Das eisige Fräulein lehnte sich entspannt zurück: „Es ist ja auch ein dummes und überflüssiges Spiel."

Sie schien die Situation zu genießen. Mein Gott, wie kann man nur so bösartig sein. Auch die vermummten Passanten lachten hinter ihren hoch geschnürten Jacken über mich. Ihre Augen verrieten, dass sie mindestens ein Wortspiel parat hatten. Eine kleine alte Dame kam kopfschüttelnd mit ihrem noch kleineren und wenn möglich noch älteren Langhaardackel an unserem Tisch vorbei und musterte mich mitleidig. Für einen Augenblick glaubte ich, ein hämisches Grinsen des Hundes gesehen zu haben. „Du Chappiwurst kennst bestimmt auch 'ne Redewendung", brummelte ich leise in meinen Schal. Das Fräulein mir gegenüber schaute leicht irritiert, gleichwohl sie sich nicht ganz sicher war, ob meine vereiste Miene ein Schmollen oder ich nun tatsächlich eingefroren war. Dann fragte sie, ob wir vielleicht besser nach Hause gehen sollten.

Das war der Gipfel des Eisberges. Sie legte mir nahe, zu kapitulieren. Nein. Aufgeben kam jetzt nicht mehr in Frage. Jetzt nicht mehr. Meine nahezu unbezahlbare Tasse Kakao habe ich doch nicht sinnlos geopfert. Nicht einmal die Sahne hatte ich in meiner Hast geschmeckt. Zudem schien eine Flucht rein technisch unmöglich, da meine Hose mittlerweile mit dem Stuhl vereist war.

Vordergründig aufmunternd legte sie einen weiteren Scheid ins Feuer: „Na jedenfalls schreibst du ganz lustige Geschichten, irgendwie." Sie ahnte nicht, dass diese schnippische Bemerkung das Fass zum Überlaufen brachte. Ich kochte vor Wut. Meine weitgehend abgestorben Finger und meine blau angelaufene Nase erwärmten sich - und auch mein Hirn bekam einen Wärmeschub. Spontan dachte ich an das aktuelle Buch über die »Liebe«, schaute meinen bösartigen Gegenüber an und triumphierte: „Mensch, Mensch. Wo die Liebe hinfällt."

Stille. Das letzte Blatt eines in der Nähe vereisten Laubbaumes löste sich vom seinem kahlen Ast und winkte mir fröhlich zu. Oh, wie gern hätte ich meiner Freude kundgetan und dem Blatt zurück gewunken, doch hätte ich damit mein gekonntes Pokerface preisgegeben, das über die ansonsten noch immer andauernde Leere meines Geistes hinwegtäuschen sollte. Meine Freundin fasste sich. Sie gratulierte mir, gleichwohl mit dem leichten, dafür nicht zu überhörenden Unterton, dass diese Redewendung gewiss kein Meilenstein des Humors sei.

Ich erwiderte meiner liebsten Freundin nur: „Redewendung bleibt Redewendung."

Sex II
Barbara Schilling

Wenn von lodernder Leidenschaft und Sinne raubender Begierde die Rede ist, denkt man spontan meist weniger ans heimische Schlafzimmer als an liebeshungrige Tangotänzer, exotische Paarungsrituale und den Klassiker »9 ½ Wochen«… Dennoch bietet die Vertrautheit in einer Beziehung auch in dieser Hinsicht viele Vorteile. So ist man in einer »eheähnlichen Gemeinschaft«, wie es im Amtsdeutsch so schön heißt, vor (den meisten) bösen Überraschungen gefeit: Die Eroberung entpuppt sich nicht plötzlich als Schlabberküsser, Schiesser-Feinripp-Träger oder Fußfetischist. Ich kann sicher sein, dass mich am Morgen frischer Kaffee erwartet und ich in den nächsten Tagen keine unerwünschten Anrufe erhalte. Ich muss nicht ängstlich meine Kreditkarten durchzählen und auch der obligatorische »Na-wie-war's« Anruf meiner besten Freundin bleibt mir erspart. Stattdessen Romantik und/oder die eine oder andere (unfreiwillige) humoristische Einlage…

Dennoch ist es mit der schönsten Nebensache der Welt selbst so eine Sache… Wie im Leben gilt auch hier manchmal: Begehrt wird, was man nicht hat. Da kann eine vorübergehende räumliche Trennung schon Wunder wirken. So erst kürzlich geschehen:

Vor mir auf dem Bett lag der leere Koffer. Jetzt musste es sein; ich hatte es schon viel zu lange hinausgeschoben. Ich wühlte zwischen Kleidern und Schuhen und fand schließlich, wonach ich suchte: Das elegante schwarze Abendkleid, das ich seit Ewigkeiten nicht getragen hatte. Dazu die Riemchensandalen und die silberne Halskette. Deo, Zahnbürste, Schminke - eben alles, was man für eine Reise braucht. Mein Freund und Mitbewohner stand wortlos in der Tür. „Willst du das wirklich tun?", fragte er. Ich schluckte und antwortete: „Ich habe es versprochen." „Hast du auch alles?" Er rannte eifrig in der Wohnung umher, schleppte Haarbürste, Heftpflaster und meine Daunenjacke herbei. „Es ist Hochsommer", gab ich zu Bedenken. „Ja, aber bei einem plötzlichen Kälteeinbruch, der soweit im Norden nicht selten ist, bist du geschützt." „Ich fahre nur 30 km weit, zu meinen Eltern." „Das kann viel ausmachen", entgegnete er überzeugt. Kopfschüttelnd klappte ich den Deckel zu und wandte mich ihm zu. „Nun, also. Dann werd ich mal los." Ich drückte ihn an mich. Er umklammerte meine Hand. „Viel Spaß." „Ja, danke." „Und pass auf dich auf." Ich versuchte angestrengt, meine Finger zu befreien. „Mach ich." „Und fahr vorsichtig." „Na logo." „Und iss kein rohes Fleisch wegen der Salmonellengefahr." Ich verschloss ihm mit einem langen Kuss den Mund. „Und vergiss mich nicht", presste er aus dem rechten Mundwinkel hervor. „Wie auch, ich bin ja schon morgen Abend wieder hier."

Meine Eltern begrüßten mich so herzlich, als hätten sie mich seit Monaten nicht gesehen (hm, was womöglich auch so ist…). An der Kaffeetafel ließ ich schließlich die unausweichlichen Eltern-Kind-Gespräche mit stoischer Ruhe über mich ergehen. Geduldig beantwortete ich die Fragen nach meiner Gesundheit, meinem aktuellen Netto-Einkommen und meiner Naturhaarfarbe. Mein Vater hob schließlich den Blick von der Zeitung: „Arbeitest du eigentlich noch bei diesem Radiosender, News… Berlin… wie hieß er noch gleich?" „Nein Papa, da hab ich doch schon vor zwei Jahren aufgehört." „Ach so."

Er machte einen erstaunten Eindruck.

Meine Mutter erzählte einige Anekdoten die jüngsten Enkel betreffend, um sich sogleich mit verschwörerischem Blick zu mir hinüber zu beugen. „Und?", fragte sie. „Was und?" Natürlich war mir sofort klar, worauf sie hinaus wollte. „Na, wie ist es bei so euch?" „Alles super", gab ich ruhig zurück. Sie wand sie etwas im Stuhl. „Also, wie sieht es denn bei euch mit der Familienplanung aus?" Mein Vater spitzte möglichst unauffällig die Ohren, während er die Zeitung falsch herum hielt. „Ihr müsst euch auf jeden Fall noch etwas gedulden", brach ich die gespannte Stille. Mein Vater warf meiner Mutter einen viel sagenden Blick zu und vertiefte sich beruhigt wieder in seine Lektüre, nur um kurze Zeit später abermals zu fragen: „Sag mal, arbeitest du eigentlich noch beim Radio…?" Ich war mir leider nicht ganz sicher, ob er wirklich nur einen Scherz machte... In meiner Not überlegte ich, meinen Liebsten zu Haus anzurufen; doch was sollte ich sagen? „Hallo, hier herrscht der Wahnsinn. Wollte nur mal hören, was du so machst, ob es dir gut geht und ob du mich schon so vermisst wie ich dich." Hm, zwei erwachsene Menschen, gerade mal sechs Stunden getrennt - das wäre doch albern, oder? Ich schlüpfte nachdenklich in meine Abendgeradrobe, denn es wurde allmählich Zeit für die Oper...

In den einsamen Nachtstunden allein im Gästebett wünschte ich mich jedoch so sehnsüchtig in die Arme meines Liebsten, dass ich vom gemeinsamen zärtlichen Gliedmaßen-verknoten in der Badewanne, von seiner Haut, seinem Duft und - seltsamerweise - von einer Nuss träumte.

Am nächsten Tag begann ich bereits beim Kaffeetrinken die Stunden bis zum ersten Willkommenskuss zu zählen. An diesem Tag erzählte ich viel von ihm: von seinen Qualitäten, unseren gemeinsamen Interessen, unserer schönen Wohnung - ich änderte sogar spontan, zum grenzenlosen Erstaunen meiner Eltern, die aktuelle Familienplanung…

Auf dem Weg nach Haus - unbeobachtet und unzensiert - stellte ich mir unser Wiedersehen vor: Mein sexy Mitbewohner wartet in einem weißen Seidenhemd bei Kerzenschein auf meine Rückkehr. Zwischen den Zähnen eine rote Rose trägt er mich auf Händen ins Himmelbett… Endlich angekommen, straffte ich die Schultern, schürzte die Lippen und schloss die Haustür auf. Wurde mein Traum nun war? Er machte es spannend, war nirgends zu entdecken. Aufgeregt schlich ich von Zimmer zu Zimmer und versuchte, dem imaginierten Testosteron-Duft zu folgen. Ich stolperte über meinen Casanova im vorbildlich aufgeräumten Wohnzimmer, engelsschön, doch leider ohnmächtig…

Mein Freund schien unter der Last seiner Sehnsucht zusammengebrochen zu sein. „Er hat sich ein bisschen übernommen. Vielleicht bei der Arbeit oder beim Sport…", erklärte kurz darauf die freundliche Krankenschwester. Mein blasser Don Juan lächelte etwas schief, nahm meine Hand, sagte aber seltsamerweise weiter nichts dazu…

Die Liebe, nur ein Märchen?
Marco W. Linke

Von jeher gibt es unzählige Geschichten über die Liebe. Dabei reihen sich herzergreifende Liebesgeschichten an romantische Abenteuerromane. Dramatische Erzählungen begründen ihren viel zu lang retardierenden Höhepunkt nahezu ausschließlich auf dem Fundament der Liebe und das Wort Tragik - ja das Wort Tragik scheint geradezu die literarische Übersetzung dieser so viel besungenen Liebe zu sein.

Auch die Zeitungen würden ihre hohen Auflagen kaum erreichen, wenn nicht das Liebesleben paarungswilliger Stars (leuchtend oder nicht) des Publikum derart fesseln würde. Ja sogar die utopischste Zukunftsbelletristik erzählt von kleinen UFO-Fahrern, die gewiss nichts anderes wollen, als von den Erdlingen geliebt zu werden. Und wenn die einst possierlichen Männchen heute zu großen Monstern mutiert sind, so ist deren gewalttätiges Handeln doch nur ein Befreiungsschlag gegen eine unliebsame Welt.

Nicht zuletzt die guten alten Schmierenheftchen, welche noch zu Vaters Zeiten »das« Zeichen der Lieblosigkeit zweier schwitzender Leiber waren, sind heute mit psychologisch wertvollen Rahmengeschichten ergänzt, die mit Kerzenscheinatmosphäre das Herz des Lesers erweichen. Dichtung, Erzählung, Kriminalstück, Legende, Märchen, Roman oder Sage: Die Literatur schreibt sich tagein tagaus die Finger wund - über die Liebe.

Aber wer kennt diese wundersame Liebe wirklich? Autoren schwellen ihre Brust und verkünden lauthals, sie hätten die »wahre« Liebe gefunden. Doch kein

Grund zur Euphorie. Früher oder später entpuppt sich ihr Fund als reiner Betrug. Und spätestens auf die Frage „Ja, wo hält sich die Liebe denn versteckt?", erbleichen die offensichtlich Unwissenden und gestehen widerwillig ihren Schwindel. Andere Autoren erklären in ihrer Verzweiflung: „Die Liebe ist nicht in Worte zu fassen." Was bleibt, ist ein bedächtiges Schweigen. Wieder andere stehen zumindest ehrlich zu ihrem Nichtwissen und schmücken ihre Herumeierei lediglich bunt aus, indem sie von der »großen unbekannten Liebe« sprechen. Zu dieser Gattung Schreiberlinge gehörte auch ich bislang. Zum einen klingen dieserlei Ausreden poetisch und welterfahren, zum anderen kann man sich einer Vielzahl berühmter Literaten anschließen - mithin auf anerkanntes Fachwissen verweisen - ohne gestehen zu müssen, im Grunde keine Ahnung zu haben, wovon man gerade spricht.

Doch geschah dieser Tage etwas eher seltsames, was mich veranlasste, erneut über die „Liebe" nachzudenken. Ich ging also am Freitagmittag kurz in die Stadt, um etwas frisches Obst für das Wochenende zu kaufen. Am Rande bemerkt: Ein Absurdum doppelter Natur. Zum einen sind freitags die Regale von kaufsüchtigen Hausmännern leer geräumt, so dass es kaum möglich ist, auch nur das Nötigste zu erbeuten. Zum anderen ist ein »kurzer« Einkauf reine Utopie, da sich am Freitag (bekanntlich der letzte Tag des Jahres) Dreiviertel der städtischen Bevölkerung im einzig vorhandenen Kaufhof der Stadt treffen, um mit ihren völlig überfüllten und manövrierunfähigen Einkaufswagen den Weg zur Kasse zu blockieren oder mit der Kassiererin um den Preis der Tütensuppen zu feilschen.

Jedenfalls machte ich mich mit drei Jute-Säckchen bewaffnet auf den Weg in das anonyme Gedränge der Stadt. Da stand vor mir ein kleines außerirdisches grünes Männchen mit gelben Augen.

Ich sagte „Guten Tag" und wollte mich zusammen mit den übrigen Kaufsüchtigen an dem Männchen vorbeidrängeln. Aber da sah ich, dass das kleine Männchen betrübt zu Boden schaute. Kurzum, mein Herz erweichte. Vielleicht aufgrund meiner evangelisch geprägten Erziehung zum helfenden Christen gegenüber betrübten Außerirdischen. Mein Kaufdrang erlosch vorübergehend und ich konnte nicht umhin, das Männchen zu fragen, warum es denn so bedrückt sei. Und da stellte das Männchen diese eine Frage, deren Antwort ich zugegebener Weise nicht kannte - oder mir bislang meine Augen davor verschloss, um nicht ein jahrhundertealtes Rätsel zu lösen und fortan als berühmter Mann keine freie Sekunde mehr zu haben.

Das Männchen fragte..., nachdem es mir rasch seine Lebensgeschichte der vergangenen 437 Jahre erzählt und seinen Stammbau auseinander genommen hatte, der bei Ur-ur-ur-ur-ur-ur-ur-ur Onkel Uriberts Problem mit den Nasenhaaren endete, also das Männchen stellte mir die Frage: „Wo finde ich die Liebe?"

Meine Antwort kam mir wie zurechtgelegt in den Sinn und mit gewohnter Selbstsicherheit antwortete ich: „Also... weißt Du, so genau... Mmh. Warum interessiert dich das?" Ich wähnte mich in Sicherheit. Eine Gegenfrage ist immer eine gute Antwort. Außerdem hatte ich Zeit gewonnen, mir eine noch bessere Antwort zu überlegen. Überdies bestand die Möglichkeit, dass das Männchen enttäuscht von mir lassen und einen anderen Passanten ansprechen würde. Aber meine Hoffnung löste sich in Wohlgefallen auf.

Das Männchen erklärte mir mit ernster Miene, dass es auf die Erde kam, weil es auf seinem Planeten „Fladi" von der „großen Liebe auf dem blauen Planeten" gehört habe. „In jeder Geschichte auf Erden, in jedem Lied, hinter jedem Schicksal, im Pay- und FreeTV, im Radio und Internet, ja sogar in der Kirche rede man von der Liebe", schluchzte es. „Alle scheinen die Liebe zu haben oder zumindest zu kennen. Milliarden von Menschen haben diese wundersame Liebe... aber mir, einem kleinen Außerirdischen, verrät niemand, wo die Liebe zu finden sei. Ich habe bereits die Erdoberfläche von über 510.07 x 10 hoch 6 Quadratkilometern abgesucht. Vergebens."

In diesem Moment fielen mir die breit gelaufenen Füße des kleinen Männchens auf. Es war mir klar, dass ich mit meiner Antwort, „niemand weiß, wo die Liebe ist" nicht wirklich Erfolg haben würde. Das Männchen hätte mir nicht geglaubt und mich in einen Topf mit der Aufschrift „wieder ein egoistischer Erdenbürger" geworfen. Das konnte ich keinesfalls zulassen. Also entschied ich mich, mir ein kleines Märchen auszudenken, welches das Männchen aufmuntern würde.

Ich nahm das grüne Männchen auf meinen Arm - es war bei weitem schwerer als gedacht - und entfloh dem Gedränge der Straßenflut. Ich setzte mich auf die erste Stufe eines schmalen Hauseingangs. Das Männchen setzte ich neben mir auf der zweiten Stufe ab. „Weißt du", die Worte »es-war-einmal« sparte ich mir. „Weißt du, die Liebe liegt nicht auf dem Erdboden. Sie fliegt auch nicht durch die Luft und versteckt sich schon gar nicht im tiefen Meer. In Wirklichkeit gab es vor vielen tausend Jahren eine große Liebe. Diese Liebe war jedoch sehr einsam. So beschloss sie eines Tages, sich unter den Erdenwesen aufzuteilen. Zu ihrem Glück konnte sie sich so oft teilen, wie sie es wollte. Und über all die vielen vielen Jahre bekam nahezu jedes Erdenlebewesen einen Teil dieser Liebe ab. Allerdings erlangt man nicht ohne weiteres einen Teil dieser kostbaren Liebe. Vielmehr bedarf es einer guten Tat, die den Lieblosen als würdig erweist.½

Das Männchen staunte. „Ja, woher hast du denn deine Liebe bekommen½, fragte es mit großen Augen.
„Ich? Mmh. Als ich noch ganz klein war noch kleiner als du", jetzt fiel es mir etwas schwerer zu schwindeln, „da war ich ein ganz artiger Bub. Ich war sooo artig, dass ich von meinen Eltern die Liebe geschenkt bekam."
„Ohh. Und wo wohnt deine Liebe heute?" „Meine Liebe wohnt tief in meinem Herzen, Taschenklappenstraße 9." Die großen Augen des Männchens leuchteten gelber als zuvor. „Dann kann ich also auch Liebe bekommen. Ich muss nur etwas Gutes tun. In welchem Herz von mir wird sie wohnen wollen? Hoffentlich wird sie sich bei mir wohl fühlen!"
Der Außerirdische umarmte mich vor Glück und bedankte sich für meine Offenheit. „Spätestens jetzt hättest du ein großes Stück Liebe verdient", sagte das kleine Männchen. Dann stutzte es und lauschte mit aufgestellten Ohren. Bedächtig lehnte es sich vor und flüsterte, es sei sich nicht sicher, aber soeben habe jemand an seiner grünen Haut gezupft. Wohlmöglich sei dies schon die Liebe gewesen. Aufgeregt hüpfte der kleine Außerirdische von der Treppenstufe und verschwand in der Dunkelheit der Straße.

Ich saß noch eine ganze Weile auf den alten Stufen und sah den Menschen mit ihren großen Einkaufstüten beim Durchhetzen der Einkaufsstraße zu. Und je mehr ich über mein Märchen nachdachte, desto mehr fing ich an, wieder an Märchen zu glauben.